「握手くらいなら、してもいいけれど？」
たかうじ さあや
STATUS
高宇治沙彩
特徴特技
学年1の頭脳
高校生離れした美貌
押しに弱い
下ネタ好き
寒がり
ジャンクフード好き
SAAYA TAKAUJI
SCAN

「あたしのおっぱいガン見してくんだけど！
エロー！」
せがわ はる
STATUS
瀬川春
特徴特技
抜群の社交性
面倒見がいい
母性
ピュア
HARU
SEGAWA
SCAN

「後輩クンは『好い男』だと
私は思いますよ？」

HUMI
NISHIKATA

SCAN

STATUS

にしかた ふみ
西方芙海

特徴特技

見た目は子供
頭脳は賭博師
気質はモラハラ体育会系
ケンカは百戦錬磨

「あ、悪い──」

ステータス【ピュア】は本当なのか？
「……さ、触られた……揉んできた……
あたし、はじめてだったのに……」

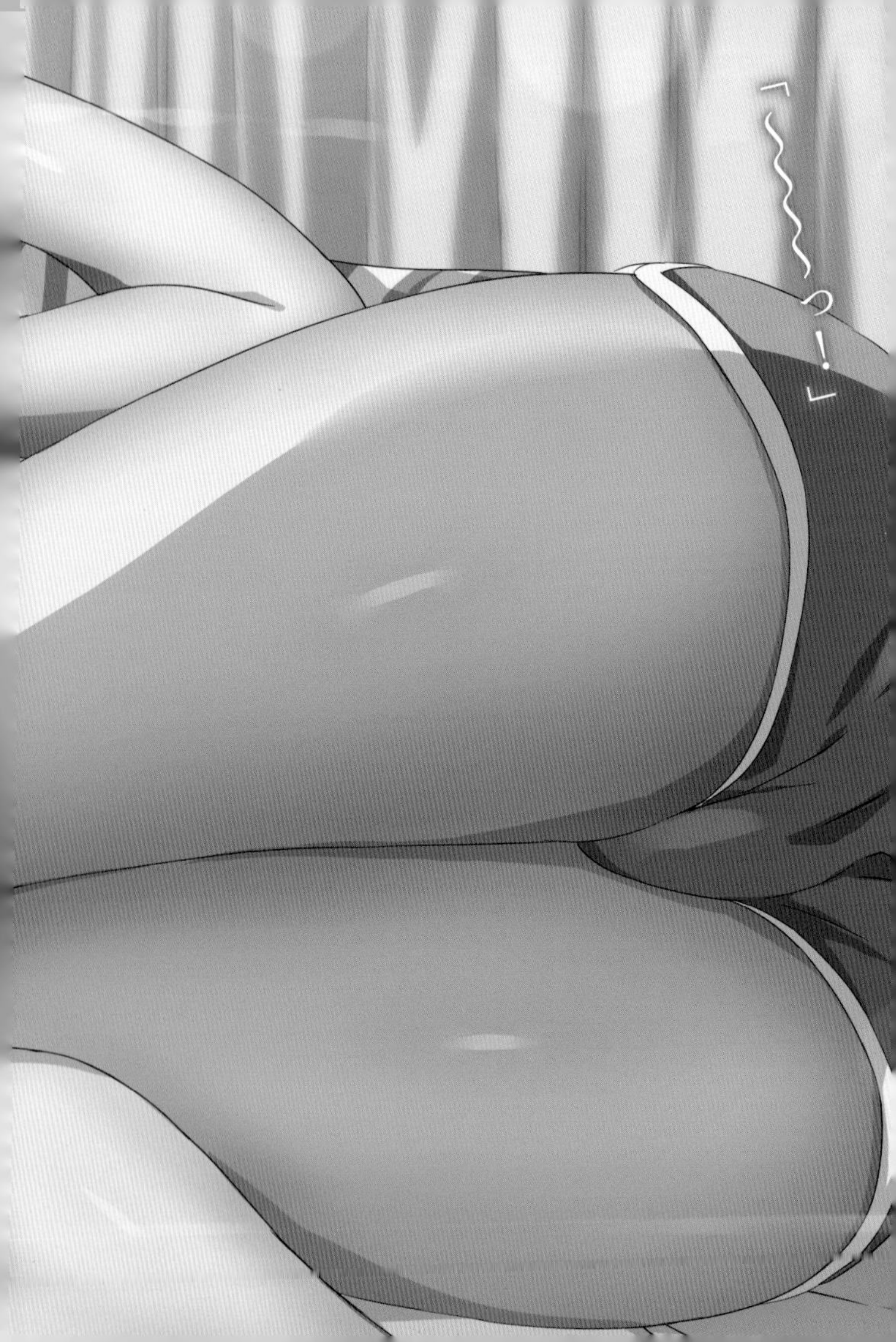
「〜〜〜っ！」

もしかしてエロいって思われてる……？
「ネタと本人の気質は別よ、別。
……別なんだから」

CHARACTER

One day, I started to see other people's secrets My school romantic comedy

きみしま あかり	STATUS
君島灯	
特徴特技	
モブ 臆病 事なかれ主義 ラジオオタク	

AKARI KIMISHIMA

「……なんだこれ」

ある日、他人の秘密(ステータス)が見えるようになった俺の学園ラブコメ

EP1：イケメンに奪られた憧れの美少女をオトします

ケンノジ

角川スニーカー文庫

23313

口絵・本文イラスト／成海七海
口絵・本文デザイン／杉山絵

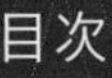

目次

Contents

One day, I started to see other people's secrets
My school romantic comedy

プロローグ

「ごめん。こんなところに呼び出して」

「いえ」

一人の先輩が、学校一の美少女を呼び出している現場にたまたま出くわしてしまった俺は、思わず物陰に隠れた。

先輩はたしかバレー部の人で、背が高く手足も長く、爽やかな面立ちをしている。それが今は緊張に顔を強張らせていた。

この様子からして、告白だろうというのは容易に想像できた。

ちょっとした時間潰しで校舎裏の人けのないところにブラっとやってきてしまった俺も悪いと言えば悪い。けど、遭遇してしまった以上、やっぱり話の続きが気になる。

物音を立てないように俺は耳を澄ましながら、その美少女の様子を窺った。

学校一の美少女、高宇治さんは、いつものように無表情に近い澄まし顔で、先輩の続きの言葉を待っている。

高宇治さんは大勢に告白されているけど、誰一人としてまだ付き合ったことがないとい

う噂だった。

「前からいいなって思ってて……」

「はぁ？」

表情が微動だにしないまま、相槌のような返事をする高宇治さん。

もし俺が先輩側だったら、それだけですげー凹んでるところだ。

好きな人に告白しようっていう勇気が俺にはない。

だから先輩は恋敵になるけど、その勇気は少しだけ尊敬した。

「高宇治って、付き合っているやつ、誰かいたりする？」

「なんでそんなこと、あなたに言わないといけないんですか」

その通りなんだけど、内心先輩に同情してしまう。

『いないです』『よかったらオレと付き合ってほしい』っていう流れにするつもりだったんだろう。知った上で呼び出しているんだろうし。

淡々と吐き出された言葉は、先輩に自分を重ねている俺にとっては刃にも等しかった。

「ええと……やっぱいい……ごめん……」

先輩はそのまま去っていった。気持ちは俺と同じだったらしい。高宇治さんは困った様子もなく、仏頂面のまま小さく息を吐いた。

そして「なんだったのよ」と独り言ちた。

素っ気ない言い草と無表情が相まって、すごく迷惑そうに映った。同じような経験をたくさんしているから、うんざりしているのかもしれない。

けどあんなふうに傷ついて、「告白してきた人」とすら今後も認識されないなんて、俺には耐えられそうもない。

俺が好きになった学校一の美少女は、難攻不落だった。

最初は、憧れ程度の人だった。

けど、恋と呼べるまで憧れが発展したのにはひとつきっかけがあった。

俺のドマイナーな趣味が高宇治さんと同じらしい、と気づいたからだ。

その趣味というのは、深夜ラジオを聴くこと。

テレビでもそこそこ有名な芸人コンビ『マンダリオン』がやっている深夜ラジオ番組『マンダリオンの深夜論』を、どうやら高宇治さんも聴いているらしい。

彼女がそうだと言っているのを聞いたわけではないけど、ヘビーリスナーの俺には、彼女が持っているキーホルダーだったりステッカーだったり、それらすべてが番組グッズだとわかる。

好きになったのは、たったそれだけのきっかけ。

でも、他にリスナーはいないと思っていた俺は、勝手に親近感を覚えてしまい、徐々に好きになっていった。

けど、俺よりもスペックが高そうな先輩があんなふうに撃沈されるんだ。どれだけ好きになったとしても、告白はしないほうがいいだろうな。

数多の撃沈男子の一人になるくらいなら、想いは秘めたままでいい。また同じクラスになったけど、きっと話す機会もないだろう。実は、笑ったところも見たことがない。

整いすぎていっそ冷たい印象を持たせる美貌は、精巧な女神像のようでもある。

愛想のない表情をぶら下げた高宇治さんは、校舎のほうへと戻っていった。

同じ趣味だから話してみたいってのはあるけど、無理だな、俺には。

「灯、何してんのそんなところで」

声に振り返ると、幼馴染の瀬川春がいた。

明るい金髪に笑うとちょっとだけ八重歯が覗く。本人曰くチャームポイントなんだとか。

手首にはシュシュがあり、太ももを隠そうともしないスカートはかなり短い。

校則違反の概念みたいなこの女の子が、俺の幼馴染だった。

「いや、ちょっと散歩に」

「何しに？　謎めいてんね。クラス一緒になったの見た？」

「ああ、うん」

こいつは、生徒指導の先生には注意されまくりだし、ひいき目なしに幼馴染の俺が見てもエロい格好していると思う。

春は男女問わず交友関係が死ぬほど広い。イロイロとご経験豊富なんだろうな、きっと。事実かどうかわからないけど、ビッチだのなんだのと噂されることもある。

幼馴染とはいえ、踏み込んだプライベートの話をほとんどしなくなっているから、わざわざ真相を確かめようとは思わなかった。

「よろしくな、一年間」

「来年も一緒かもじゃん」

「とりあえずだよ」

こんなふうに、俺に積極的に話しかけてくれる女子は春くらいしかいない。他の人とも事務的な会話ならするけど、春と話さない日は学校で全然言葉を発しないって日もあるくらいだ。春とも幼馴染じゃなけりゃ、会話する機会もなかっただろう。

「次、ホームルームだよね。遅れるよ」

春はそう言って俺を促す。見た目はこんな感じなのに、変なところで真面目なんだよな。

「顔色悪いけど、だいじょぶ？」

「俺？　……うん、大丈夫」

さっきの告白シーンのせいだろうか。他人事なのに、まだ凹んでいる俺がいた。メンタル豆腐すぎる。

校舎裏から立ち去った俺たちは、適当に雑談をしながら教室へと帰っていった。

「春ちん、どこ行ってたんー？　いないからわたしトイレ行けなかったんだけど」

「アハハ。あたし無しでもそれは行きなよ」

「なあなあ、瀬川、頼んだら一発ヤらせてくれるってマジ？」

「うわぁ、引くわ、ヤりたい星人。本人に直に訊くやつじゃないから。ガチでキモい」

隙ゼロで鉄壁の高宇治さんに対して、春は壁ゼロ、隙ありあり。新クラスになってもこうして休憩時間に誰かに話しかけられるのは、さすがの交友関係と社交性だった。

男子と春のやりとりが聞こえていたのか、高宇治さんは眉間に力を入れたような表情でちらっと一瞥する。

「教室で下世話な話をしないでちょうだい」とでも言いたげな、冷たい目つきをするとすぐに顔を背けた。

清廉潔白の体現者っぽい高宇治さんは、そういう話は嫌いそうだもんな……。

担任の先生がやってきて、簡単な自己紹介と今年一年の抱負みたいなことを話しはじめた。

ウトウトしていると、チャイムの音が鳴りそこでホームルームが終わったことを知った。

ホームルーム中の居眠りから目が覚め、あくびをして目元をこすったときだった。

・君島灯（きみしま）

・成長：急成長

・特徴特技

モブ

臆病

事なかれ主義

ラジオオタク

PCでいうところのウィンドウのようなものが突然宙に表示された。

……なんだこれ。

まだ寝てるのか、俺。

ペチン、と自分の頬(ほお)を叩(たた)いてみるけど、ちゃんと痛い。

君島灯……。俺のことだ。

ステータスと言えばいいのか、そういったものが箇条書きされていた。

1　ステータスと成長と変化

「ナニコレ」

【モブ】って。いや、うるせえわ。

誰がどういうアレでつけてるんだよ。

寝ている間に超科学技術を持つ宇宙人に何かされたのか？

なんなんだ、これ、マジで。

前の席にいる男子に訊いてみた。

「ここに、俺のステータス？　みたいなのがあるんだけど、見える？」

宙に表示されているステータスを指差すと、男子は怪訝な顔をして鼻で笑った。

「はあ？　なんだよ、それ」

見えてない……。俺だけなのか？

クラス中を見回すと、全員、俺にあったステータスらしきものが見えた。

名前、成長、特徴特技。どれもみんな共通している。

「灯ー、爆睡しすぎだから」

春が俺の席へやってきて話しかけてきた。

「なんか四月って眠くならない？」

「わかるけどさー、にしても寝すぎだから」

春はけらけらと笑う。

そんな春にも、ステータスがあった。

・瀬川春

・成長：成長

・特徴特技

抜群の社交性

面倒見がいい

母性

ピュア

あぁ、うん。いくつか思い当たる節はある。

社交性に関しては、学年全員と仲が良いってくらい交友関係は広い。

俺と春は幼稚園の頃からずっと一緒で、俺が抜けているところがあるせいか、春は世話を焼いてくれることが多かった。

「母性……」

その象徴的な一点に思わず目がいく。

小六くらいから、他の女子に比べて発育がすごかったからなぁ。

巨の乳。すなわち母性。うん、うん、そういうことですか。

「灯があたしのおっぱいガン見してくんだけど！　エロー！」

「違うわ！」

違わないけど、否定しないことにははじまらない。

俺と同じように、性格や趣味嗜好（しこう）がステータスには反映されているけど、俺の知らない部分もあった。

【ピュア】。

本当に？　ステータスこれで合ってんのか？

こんな格好をしているから純粋なようには見えない。ビッチだとかいう噂（うわさ）を信じているわけじゃないけど、ステータスが正しいとは思えない。せっかく謎の力？　を手に入れたのに、適当なことが表示されているんじゃ意味がない。

これを確かめる方法をひとつ思いついた。

実行すれば、普通なら社会的に死ぬレベル。後ろ指さされまくり、白い目で見られまくり。だけど、春が相手なら、さっきみたいにノリが軽いし、きっと許してくれるだろう。

俺は自然を装って、春の胸元に手を伸ばす。

「あ、悪い――」

事故に見せかけて、わしっと胸を摑(つか)んで、ふにんっと揉(も)んだ。

え。でか。柔らかっ。初揉みと春の【母性】に衝撃を受けていた。そのせいで二度三度、思わず確認してしまう。

『はあ？　ちょ、何してんのー⁉』って冗談っぽく怒るかと思ったら――、

「…………っ」

唇をきゅっと閉じて、じんわりと目に涙を浮かべていた。

…………無言だった。

幼馴染の男女だったのに、被害者と加害者に関係性が変わった瞬間だった。

「悪い！　マジでごめん、本当にごめん！　すみませんでした！」

適当な謝罪じゃなく、きちんと頭を下げ俺は心から本気で謝った。

「……さ、触られた……揉んできた……あたし、はじめてだったのに……」

「本当にごめん！　訴えるのだけは……！　俺も初揉みだったんだ」

「……じゃあ、いい」

いいのかよ。なんでだよ。いや、ありがたいけど。

春は【ピュア】だ。うん。ステータス間違ってねえ。

あと、わからないのはステータス内の成長の項目だ。あれは、身体的なものなんだろうか。

身長でいうと、俺は去年からほとんど背が伸びてない。

だとすると、【急成長】ってあった俺は、これからめちゃくちゃ身長が伸びるってことか？

「なあ、春、それ見えてる？」

俺が話を変えようと春のステータスウィンドウを指差すと、眉をひそめた。

「え、何、怖い系の話？」

気味悪そうに俺が指差したあたりに目をやって、振り返ったりしている。

やっぱ俺だけに見えるんだ。わかるんなら訊いてみようと思ったけどあてが外れた。

「ああ、悪い、なんかの見間違いだったかも」

成長性と特徴特技が表示されるステータス。

バスケ部のエースとその彼女が同じクラスになり、今楽しそうにイチャついている。けど、エース様のステータスには【先輩と浮気中】と表示されていた。

プライバシー丸見えじゃねえか。

本当かどうかたしかめる方法はないけど、みんなが俺と同じものが見えているんなら、あんなに楽しくおしゃべりできないだろう。

俺が意識的に特定の人物を見ると、ステータスらしきウィンドウがぱっと現れる。この『意識的に』っていうのが鍵になるらしい。

今のところ、この不思議現象のことでわかったのはこれくらい。

「ねえ、灯、午前中で今日終わるじゃん？　放課後なんか予定あんの？」

「え？　いや、別に――」

俺は春の質問を聞き流しながら、ある人の姿を捜す。

……いた。

トイレかどこかから戻ってきたのか、高宇治さんは通路をまたいだ隣の席に着いた。

長い黒髪を耳にかけると、涼しげな横顔が露わになった。

その飛びぬけた容姿は、モデルがうちの高校の制服を着てコスプレしているといっても差し支えないほどだ。

「サーヤちゃんもクラス一緒なんだ」

ぽつりと春がつぶやく。

「みたいだなー」

と、俺は無関心を装って視線を外した。

例にもれず、高宇治さんにもステータスはあった。

「………………え？」

釘付け（くぎづ）けになり固まっていると、春が視界を遮るようにカットインしてきた。

「ねー、灯ー？」

「え、ああ、おう」

「全然話聞いてないじゃん」

「聞いてたって。おっぱいは母性ってことだろ？」

「違うし！　んもう。――滅ッ！」

膨れた春が、俺に手の平を向けて押すように腕を伸ばした。いわゆる掌底である。

ごっ、と変な音とともに鈍い痛みが顎に走った。

いてぇ⁉

「おい、ちゃんとした攻撃してくんな！　せめてじゃれる範囲で来いよ」

「話聞いてないのに嘘つくからじゃん」

春の話なんて右から左でほとんど聞いてなかった。

俺が掌底を食らった大きな原因は、高宇治さんのステータスだった。

・高宇治沙彩

・成長：停滞

・特徴特技

学年1の頭脳

高校生離れした美貌

押しに弱い

下ネタ好き

寒がり

ジャンクフード好き

イメージ通りだったり、そうでない内容が表示されていた。

中身は、俺や春と同じく、性格や得意不得意趣味嗜好が映し出されている。

【押しに弱い】なんて意外だと思っていたらもっと意外なものがあった。

【下ネタ好き】。

品のない者に人権なし、みたいな澄まし顔をいつもしてるのに？

……けど、高宇治さんも聴いているであろう深夜ラジオ『マンダリオンの深夜論』は、一般募集されるネタコーナーには下ネタもかなり多い。俺は男しか聴いてないんだろうな、とばかり思っていたけど、あの番組リスナーってことであれば、下ネタ好きというのもわからないでもない。

すると、高宇治さんの前の席の男子二人が下品な話をはじめていた。

「最近なんかアソコがかゆいんだよなぁ」

「アソコ？」

「ちんちん」

教室で直球だなおい。

「ぷふぅーっ」

そっちを見ていた俺は見逃さなかった。

高宇治さんが、頬（ほお）を一瞬膨らませて笑いを堪えたところを。

そして、すん、と音が出そうなほど静かに素早く元の澄まし顔に戻ったところも。

……やっぱ好きなんだ。好きというか、そういう笑いのツボをしているっていうか。

意外。

下ネタ好きっていうのを知っていなければ、あの逆変顔は見逃してしまっていただろう。

それくらいの早業だった。

あんな顔もするんだ。……その表情を珍しく思うけど、それだけ。

通路を隔てた隣の席は、限りなく遠い。声をかけるなんて、とうてい出来そうにない。

【臆病】？　【モブ】？　【事なかれ主義】？

全部その通りだよ。

そうだよ。ステータスが見えたからって、なんだっていう話だ。

変に声をかけて嫌われるくらいなら、思いを抱えているだけのほうがいい。

綺麗（きれい）な横顔をもう一度ちらりと見る。

………けど。

もし俺が少しでも変われたら――成長できたら――話せたり、できるようになるんだろうか。

俺が見られるようになった謎の表示は、やっぱりステータスという言葉がぴったり当てはまるので、そう呼ぶことにした。

ステータスは、クラスメイトだけでなく、担任の先生にもあったし後輩にも先輩にも、犬の散歩をしているおじさんにもあったし、あの二股みたいなプライバシー情報はいくつも出てきた。

二股だの浮気だのは、証拠が示せないし、痴話喧嘩（げんか）に巻き込まれたくないからスルーすることにした。

今日最後の授業……といってもホームルームだけど、それが終わると春が俺の席にやってきた。

「灯ー。帰ろー」

「うん。ちょっと待ってて」

他人のステータスを見ることに忙しくて、全然帰る準備をしてなかった。

「早くしなよ」と春に急かされる。

「さっきまで何してたの」

「考え事してたんだよ」

いつの間にか教室にいる生徒は半分以下になっていて、帰ったり部活に向かったりしているようだった。

高宇治さんは……すでに帰りの準備を済ませているようで、鞄を机に置いてスマホをその中でイジっている。

同じ深夜ラジオリスナー同士だとわかっても、彼女が下ネタ好きだとわかっても、やっぱり声はかけられない。

想像しただけで、緊張してしまう。

俺にとって高宇治さんは、ちゃんと恋愛を意識したはじめての好きな人だった。

話しかけるところを想像すると、あの告白しそうになってやめた先輩と自分を重ねてしまい余計に緊張する。

それに、もしあんな対応されたら立ち直れねぇよ。

高性能の迎撃システムでも完備してんのかよ。

先輩、結構イケメンだったのに。

俺、それ以下。

あれを思い出すと告白どころか声すらかけられないと思ってしまう。

それで諦められればよかった。

けど、目で追うのはやめられないし、話してみたいと思う気持ちも、他の男子が話しかけているのを見かけてモヤっとしてしまうのも止められなかった。

「失礼しまーす」

気軽そうな声を上げて、三年の先輩が一人教室に入ってきた。

学校内では高宇治さん級に有名なイケメンの先輩、城所(きどころ)先輩だった。

「お待たせ。帰ろう、沙彩ちゃん」

にこっと城所先輩が微笑(ほほえ)む。沙彩ちゃん、だと……?

学校で一番のイケメンがいきなりそんなこと言ったって、高宇治さんの高性能迎撃システムは伊達(だて)じゃない。

城所先輩は知らないんだろう。あの高宇治さんが寄せつけるはずがない。

すっくと立ち上がった高宇治さん。

「はい。帰りましょう」

おいいいいいいい！　俺の（？）迎撃システム死んだのか!?

混乱している俺なんてまさに傍観者でしかなく、すたすたと高宇治さんは鞄を持って城所先輩の下へ向かい、「どっか寄ってく？」「そうですね」と仲睦まじげな会話をして教室から出ていった。

「春……今のは、一体……？」

「んー？　サーヤちゃんとセンパイのこと？」

「そ、そう。げ、迎撃システムは、死んだのか……⁉」

「いや、何言ってっかわかんないけど。あの二人って付き合ってるんでしょ？」

ツキアッテルンデショ――？

「ツキアッテルンデショって、何……？」

「いや、まんまじゃん。恋人同士ってこと」

はい終わった。

今、終わりました。

俺の初恋が、強制終了しました。

学校一のイケメンと学校一の美少女がくっついてハッピーエンド。

今までありがとうございました。


「灯、目虚ろすぎん？」

春が心配そうに俺を覗き込んだ。

「いつもこうだし」

「いやぁ、もうちょっと生気があるような」

おーい？　と春が俺のほっぺたをぷにぷに、とつついてくる。

普段なら「おい、やめろって」って避けたりするところが、そんな気力もない。

ケツに根が生えたのかってくらい、まるで立ち上がれる気がしない。

春が鞄をごそごそとやると、飴をひとつ取り出した。

「飴食べる？」

レモン味。俺が好きな味だった。

「そんな気分じゃ……」

「いいから。あーんして」

食べさせる気満々だった春は、パッケージを破ってつまんだ飴玉を俺の口元に持ってきていた。

いつの間にか他に生徒もいなくなっている。

断るよりもさっさと食べたほうが早いな。

小さく口を開けると、飴玉が押し込まれた。

「元気だしなよー」

「何が」

「いやいやいや……え。マジで言ってる？　わかんないとでも？　あたしのこと侮んなって」

何が、と俺はもう一度繰り返した。

「サーヤちゃんのことラヴューだったんでしょ？」

春は片手でハートの片割れを作って見せる。

「……そういうわけじゃ」

「明らかにテンションだだ下がりで、目は虚ろだし上の空だし、わかるよ、そんくらい」

長くなると踏んだのか、春は隣の席の椅子に座った。

「もしもんときはさ、あたしが灯のこともらったげるから」

前を向いたままの春は、少し早口で言うと、飴をひょいと口に放り込んだ。

「なんでだよ」

「ツッコミにもキレがない、と。重症だね、これは……」

診察すんなよ。

「お腹空いてるから余計元気出ないんだよ、きっと」

「そういうもんかな」

「そうそう」

春が気を遣って話しかけてくれるけど、俺は気もそぞろで、相槌程度の反応しかできない。

ううん、と唸った春が、こそっと耳打ちをしてきた。

「パンツ、見る?」

「見ねえよ！　いきなりなんだよ、びっくりした……」

俺は思わず春から逃げるように距離を取った。

「だって、男子はこれで元気が出るってツイッターにあったから、灯もそうなのかなーって」

「良くないSNSの使い方してんな！」

たしかに見かけたことあるけど、そういうの。

「まあ、ガチで見せるわけないんだけどさ。灯が元気出るかなーって思って」

ししし、と春はいたずらっぽく笑う。【ピュア】だからそういうことを自分からはしないんだよな、たぶん。けど……。

「からかうなよ。足組んでるから今普通にパンツ見えてるし」

「にゃぁぁぁあ!?」

顔を赤くした春がスカートの裾を押さえると、「滅っ」と掌底を俺に食らわせた。

「いでえ!?」

「バカリのエロ！」

もう見えるとか見えないとかどうでもよくなったのか、座っている俺に思いきり前蹴りをすると、俺は椅子ごと派手に倒れた。

「いてて……。そんなスカート穿いてるほうが悪いんだろ？」

ふしー、ふしー、と興奮気味の春は、怒りかそれとも恥ずかしかったのか、どちらかわからないけど、顔を赤くして呼吸を荒らげていた。

「パンツ見せるために短くしてるんじゃないし。こっちのが可愛いからやってるだけだし」

こんなナリでめっちゃ怒ってるけど、パンツは白なんだよな。

【ピュア】のテンプレみたいな色のパンツ穿きやがって。

昔の春に会えたみたいでほっこりしちまった。

「悪かった悪かった。ギャルしてるけど、ちゃんと俺の知ってる春なんだなって」

「それはそうでしょ」

「パンツ見てなんか安心したわ」

「滅っ！」

「ぎゃ⁉」

再び暴行を受けた俺は、ため息をついて、ようやく椅子と姿勢を元に戻す。

俺に攻撃をしたことで気が済んだのか、春はそれ以上文句を言わなかった。

教室を出ると春が尋ねた。

「お昼どこかで食べる？　それとも、帰る？」

一人でいると、またナメクジみたいにウジウジしてしまいそうだったので、帰る途中で春と適当に食べることにした。

春の交友関係は学校一広いと俺は勝手に思っている。たいてい誰かに誘われたり誘ったりして放課後を過ごすことが春は多い。

「他に誘われたりしてないの？」

「今んとこはねー」

とのことなので、俺も気を遣わないで済んだ。

いつの間にか静かになった廊下を昇降口へ向かって歩いていると、曲がり角から屈強な体格をした体育教師がぬっと姿を現した。浅黒い肌と口を開けたときに見える白い歯は遠くてもわかる。

「んげ！　マッチョンだ！」

そう言って春が俺の背中に隠れた。

ムキムキだからマッチョン。ちなみに生徒指導の先生でもあるので、校則違反の申し子である春の天敵と言ってもいい。

・桜小路詩陽（さくらこうじしよう）
・成長：停滞
・特徴特技
トレーニー
質実剛健
脳筋

名前！　マッチョンって呼んでたから知らなかったけどギャップえぐいな！　名は体を表してねえ！

「おい、瀬川。何隠れてる。見えてるぞ」

角ばったイカつい顔のマッチョンは、眉間に皺を寄せてこちらへ迫ってくる。

観念したのか、春は俺の背中に隠れるのをやめた。

「髪の毛、春休み中に戻すって前に先生と約束したよな？」

「そんな約束、してないですぅ」

目をそらしながら適当なことを春が言うものだから、マッチョンがピキっとこめかみに青筋をたてた。

「スカートも今すぐ元に戻しなさい」

校則違反をしている春が悪いというのは当然だけども、誰かに言われた程度で元に戻すのなら、春はこんな格好はしていない。中学のときからずっとこうだ。

ただのファッションでもあるけど、春のアイデンティティでもあるし、ポリシーなのだと俺は理解している。

だから俺は風貌に関してとやかく言うつもりはなかった。

マッチョンのステータスは、ま、見たままだな。

【神戸レイブンズファン】か……。神戸にあるプロ野球チームだったっけ。

不貞腐れたような顔で、春が折り曲げまくったスカートを元に戻している。

これが可愛いんだって言ってたもんな。

見慣れているとはいえ、俺もその長さはよく似合っていると思う。

マッチョンが去ったあとでさっきの長さに直すんだろう。

「黒染め用のヘアカラーも用意してある」

「はぁ!?」

「使わずに済むことを祈っていたが、約束は約束だからな――」

「そんな約束してない！」

「いいや、したぞ！　先生覚えてるんだからな！」

校則違反は悪いことかもしれない。

でも、そこまでされなくちゃいけないことか？　それで春が誰かに迷惑かけたか――？

「あ、先生！　レイブンズ、昨日勝ったらしいですね。今年は優勝できそうですか？」

俺は思わず割って入っていた。思わぬ人物から振られた話題に、マッチョンは気勢を削がれたように吊り上げていた眉を元に戻した。

「レイブンズ、今年強いらしいじゃないですか」

「ああ。そうだな。良い新人が入ってきたし、今年は優勝するだろうな」

がはは、と機嫌よく笑い声を廊下に響かせた。俺が話のわかるやつだと思ったのか、マッチョンはそれからペラペラと贔屓にしている球団の話を聞かせてくれた。春を呼び止めたことを思い出したかのように、「今週中までに直しておくんだぞ」とだけ言って去っていった。

「はぁ〜〜〜」

俺は大きく息を吐いた。

「案外いけるもんだな」

我ながらよくやったと思う。

ステータスは、個人的な趣味や好き嫌いが表示されるから、それを使えば煙に巻くことは俺にでも簡単にできた。

「灯、野球好きだったっけ？」

「いや。夜のスポーツニュース見てたらたまたまやってただけ。レイブンズの話題出したら、気を良くしてすぐ帰ってったな」

緊張感が解けて思わず頬がゆるむ。

「ありがと、灯」

いいよ、と俺は返す。

そのときだった。うっすらと自分の体が光ったような気がした。

今のは……？　ステータスを見てみると、変化があった。

・君島灯

・成長：急成長

・特徴特技

モブ

引っ込み思案

事なかれ主義

ラジオオタク

口八丁

【臆病】だったのが【引っ込み思案】に変わっている。

マシになったってことか……？

それと、【口八丁】が追加されていた。

適当に話を合わせた結果だろう。

【急成長】っていうのは、どうやらステータス上成長しやすいってことのようだ。

マッチョンとの遭遇で急落した春のテンションは一気に戻り、いつもの調子になった。

「怒ってるマッチョンから助けてくれるなんて、灯もイイトコあるじゃん」

うりうり、と春はニマニマしながら俺をつついてくる。

「無理矢理（むりやり）黒染めするっていうのは、やり過ぎだと思ったから」

昇降口から学校をあとにして、昼食がてら寄り道をするとなると、選択肢はファミレスの一択だった。

通学路の途中で進路を変えて、賑（にぎ）やかな駅前方面へと向かう。

「しょーがないから、あたしがおごったげる」

「マジかよ」

めちゃくちゃギャルだし、校則違反上等の格好だし、パンチラがバレれば暴行を加えてくるけど、根はいいやつだし、昔から知っているだけあって付き合いやすい人間性だったりする。

上機嫌の春は、るんるん、と弾むようにファミレスの階段をのぼっていく。

ちら、と上を覗く(のぞ)と鞄(かばん)でガードされてた。

……対策は常にしてるってわけか。

「……灯」

こっちを見ていた春と目が合った。

「見てねえ！　見てねえから」

「パンツの何がそんなにいいんだか」

呆(あき)れたように春はつぶやいてまた階段をのぼっていく。

純情な春ちゃんには男の劣情なんてわかるまい。

また蹴りか何かが飛んでくると思って構えていた俺は、ほっと胸を撫(な)でおろした。

店内に入り、席に案内をしてもらう。

春はスマホを適当に触りながら、今日あった出来事をしゃべり、俺も同じようにスマホをいじりながら会話をする。

そういや……春は交友関係が海と同じくらい広い。

高宇治さんと城所先輩の話を何か知っているかもしれない。

「なあなあ、高宇治さんと城所先輩が付き合ってるのって、マジなんだな？」

「そ」

確認しただけでも、鋭い刃物で胸の内側を切られたような痛みがある。

辛ぇ……訊くんじゃなかった。

そう思うけど、失恋したからといって高宇治さんへの興味がゼロになるわけじゃないらしい。

「いつから？」

「ここ何日かの話。割と最近」

「ついこの間なのか」

そりゃそうか。一年のとき、俺は高宇治さんと同じクラスで、これまで放課後に城所先輩どころか迎えに来た男子は誰もいない。

注文をとりにきた店員さんに、俺と春は同じランチセットを頼むとドリンクバーのサーバーへ二人して向かった。

「なあなあ、春って、高宇治さんと仲良い？」

「普通」

普通か。

思い返せば、高宇治さんは、とくに仲が良い男子も女子もいないように思う。

ヴィイイイ、とメロンソーダを入れる春がぽつりと言った。

「二人のことをあんまり聞いても良い気はしないと思うよ」

正論だった。ギャルのくせに。

俺のこの質問の連投は、傷口に塩を塗っているのと同じだ。自分でもわかっている。

学校一モテる男女が付き合った――。はたから見れば、それは自然なことだと思う。

ステータスにきちんと【モブ】と明記されている俺の出番なんて、今後もないんだろうってこともわかっている。

「まあまあ、飲みな？　今日はあたしのおごりだから」

酒みたいなノリでメロンソーダを突き出してくる春。

俺は苦笑した。

「飲みなって、ドリンクバーだから飲み放題なんだけどな」

「まあ、その……えと。あ、あたしがいるじゃん？　辛いかもしんないけど――」

春は照れくさそうにする。もしかすると、俺を慰めてくれているんだろうか。

「悪い、俺オレンジジュース飲みたいからメロンソーダは」

「空気読め、バカリ！」

ゲシ、と蹴られた。

「すぐ暴力振るうー。だからギャルは怖いんだよなぁ」

「はぁ？ いっぺん死ねば？」

冗談めかして言った俺に、フン、と鼻を鳴らした春は、機嫌悪そうに足音を立てて席へ戻っていった。

高宇治さんと城所先輩のことを興味本位で深掘りしたっていいことはないってのはわかってる。

俺はひと言ボヤくとオレンジジュースを入れて春が待つ席へ戻る。すぐに注文した料理がテーブルに並べられ、俺は黙ってそれに手をつけた。

「そんな簡単に切り替えられたら苦労しないって……」

一瞬機嫌が悪くなった春だったけど、顔色を窺うとそれもうなさそうだった。

「ねえ、灯。センパイと付き合ってるってことは、吟味して熟慮しまくって選りすぐりの人を選んだってことじゃん？ そんないい噂を聞く人じゃないけどさ、お似合いだとは思うよ、あたしも」

客観的な意見としては、納得せざるを得ない話だった。

すっっっげーモテるって話はよく聞くから。

高宇治さんは、なんで誰とも付き合わないんだろうって思ったこともあった。もしかすると、俺を待っているんじゃ？　って突拍子もない妄想を抱いて悶絶したこともあった。

「この話やめよ。ご飯美味しくなんないし」

「まあなぁ……」

失恋して辛いのに、ため息しか出ないのに、ご飯はすすむ。

心と体は別ってことなのか、とどうでもいいことを考えていた。

つんつん、と春はローファーのつま先で俺のつま先をつついてくる。

「辛いならさ。あたしが、その……わ、忘れさせてあげる」

「ああ、おん……」

適当に返事をする俺は、完全に上の空。そういえば、と高宇治さんのステータスを思い出した。

【学年1の頭脳】とか【高校生離れした美貌】とか、クラスの空気に早くもなりつつある俺には、やっぱり高嶺の花だったんだよな。

「そういや、いい噂を聞かないってさっき言ったよな？　どういう噂？」

「んー？　男子はあんま知らないかもだけど、付き合ってすぐ別れることも多いし、ヤリ目って話もよく聞くから」

「春ちゃん、ヤリモクってなんですか」

生物の分類みたいなことか⁇　ちんちんあるから槍ってこと？　人科男性ヤリモクみたいなこと？

「え、知らない？　セックス目当てってこと」

「思ってたヤリじゃなかったわ。——じゃなくて。その話ほんと？」

おいおいおいおいおいおい、それじゃちょぉぉぉぉぉぉぉぉっと話変わってくるぞ、おい。

「隣のクラスの子とか三年の先輩とか、付き合ってすぐ別れたからそうだって」

手ぇ出してすぐ別れるってことかよ。

許せん……。もしかすると……って嫌な予感がしたんだ。

【下ネタ好き】に目を奪われていたけど、他にも意外な項目があった。

【押しに弱い】。

高宇治さんは、城所先輩にしつこく言い寄られて、根負けしたんじゃないか。

迎撃システムは死んだんじゃなく、それをものともせず、グイグイと来られてしまったから、その邪悪な熱意に負けたんじゃ——。

「高宇治さん、そういう噂知らないんじゃない？」

「かもね。サーヤちゃんがそうかはわからないけど、それでもいいって子、いるし」

「変な噂があっても、付き合いたいって思うってこと？」

「マウント取れるじゃん。私、今みんなの憧れのあの人と付き合ってるんです、って」

「女子ぃ……」

結局顔ですか。イケメンは多少の不利は吹き飛ばせるのかよ。

「ま、そういう子もいるだろうし、単純に顔が良かったらクズくてもオッケー、みたいに思えるんじゃないの」

「春もそう思う？」

「あたしは全然。クズいのは絶対イヤ」

「ピュアだなぁ。ギャルは一本筋通ってるから信用できるんだよな」

拍手を送りたい。

「あたしは、ほら、アレじゃん」

「どれだよ」

「顔は中の中、もしくは中の上？　くらいな男子がいいかな……」

意外だな。猫も杓子(しゃくし)もイケメンかと思いきや。

「ぼ、ボーダーライン超えてたら、あとは性格ってこと！」

急に赤面した春が、声を大にして言った。

「ボーダーライン……ちなみに俺は？」

流れでなんとなく訊くと、赤面を続ける春は、喚くように言った。

「ぜ、全然無理っ！　無しよりの無し無しナシゴレンだから！」

「そんな強めに否定しなくても……」

笑いながら相手にされないかと思ったら、がっつりと本気で拒否された。幼馴染とはいえ、ちょっとこれはダメージ食らう。てかナシゴレンってなんですか。

話がそれた。

春が言うには、クズくてもオッケーな女子はいる、と。高宇治さんは、そういう噂を気にしないタイプなのでは、と春は言った。

「もしくは、サーヤちゃん友達少ないほうだから、単純に知らないんじゃないの？」

だとすれば、ヤリ目イケメンパイセンと知らずに、粘りに粘られて、きっとオッケーしてしまったんだろう。

今もどこかで放課後デートしながら――。

「……別れさせないと」

「むん？」

フォークをくわえながら春が不思議そうに首をかしげた。

「高宇治さんを、先輩から奪還する」

今度はきょとんと目を丸くする春。

「え、なんで？」

「高宇治さんは、城所先輩に粘りに粘られ、押しに押されて、仕方なく付き合っている」

「灯の妄想大爆発だ……」

春が呆れたような目をするけど、構わなかった。

俺の妄想で済むならそれでいい。

高宇治さんが毒牙にかかって傷つくところは見たくない。

「だから、先輩から高宇治さんを奪還しようと思う」

「奪還って……自分のモンだったみたいな言い方するね？」

「細かいことはいいんだよ！」

「噂は噂ってだけかもだし、サーヤちゃんに限り死ぬほど大事にするかもじゃん」

「んなこたぁねえ！」

「決めつけエグ」

「…………でも、どうすりゃいいの？」

「知らんて」

呆れた春は、メロンソーダに口をつける。

奪還すると言ったものの、俺に何ができるだろう。

城所先輩のステータス見ておけばよかった。衝撃が大きすぎてそこまで気が回らなかった。

「春ぅ、高宇治さんに噂を聞かせてやってくれない？」

「やだ。彼氏の悪い噂をわざわざ言ってくるヤツって信用なんないし」

「一本筋通ってんな、おまえは……リスペクトだわ」

「当然だし」

と、春は得意そうだった。

高宇治さんが城所先輩を嫌いになればいいんだろうけど、弱点になるようなことは何も知らない。

それを俺が知っていたとしても、春が言ったように悪評を吹き込んでくる輩と付き合っている恋人のどっちを信用するかって話だ。

「灯は、そんだけサーヤちゃんのこと、心配で心配で心配でたまらなく気になるんでしょ」

「ん？　……まあな」

真正面から認めるのはなんだか気恥ずかしくて、俺は思わず目をそらした。

少し間が空くと、うっすらと春は微笑した。

「灯が仲良くなればいいじゃん。もう終わっていると思うけど、諦められないんだったら、とことん納得できるまでやればいいよ」

「春……」

俺が仲良くなる——それが、一番の正攻法……だな。

「そういう真っ直ぐなやり方なら、あたし、応援するから」

「ありがとう、春」

「もう無理ってわかったら、いつでも慰めてあげるから」

いいやつだな、こいつは本当に。

「あ、慰めるって変な意味じゃないから！」

「まだなんも言ってねえよ」

「そ、そう……。灯が変な想像すると思ったから」

「そういうふうに考えているやつが一番エロいんだからな？」

ゲシッ、と春のつま先が俺のスネを攻撃した。

「みんなが思っている以上に、あたし、エロくないから」

また機嫌が悪くなった春は数発俺のスネに蹴りを放った。

「いてえ⁉」

「わかってるって」

死ぬほどスカート短くて、太もも露わにしてて、パンツちらちらさせて、おっぱいデカいギャルだけど【ピュア】があるのなら、きっとそうなんだろう。見た目で損するタイプ。

「じゃ、まずは話す練習しなきゃだ」

そうだった。俺、ロクにしゃべったことないんだった。

いつかの告白シーンを目の当たりにして、俺がもしああなったらって考えると、声はかけられなかった。

嫌われる可能性があるなら、話なんてしないほうがいい――。

遠くから見ているだけでいい――。

それが俺の高宇治さんに対するスタンスだった。

そんなので仲良くなんてなれない。好きな人を誰かに取られてしまうのは、当然のことだった。

「無駄かもしんねえけど、頑張ってみようと思う」

「そか……本気なんだ」

俺の決意表明を受けて、春は困ったように笑った。


「……なんで俺んちに？」

「ファミレスよりは雰囲気出るじゃん」

さらりと春は説明する。

ファミレスをあとにしてやってきたのは俺の部屋。

春を招くのはいつぶりだろう。覚えている限りだと最後は二年くらい前だと思う。

「部屋入るの久しぶりだね。……灯のにおいする」

すんすん、と春は俺の部屋のにおいを嗅いでいる。

「うーわ、春ちゃん、今の変態発言！」

「はぁぁぁ!?　どこがっ」

春は指を差していた俺の手をぱしっと払う。

定期的に換気しているし、変なにおいはしてないはずなんだけどな。

「さてと。じゃ、さっそくしよ」

ベッドに座った春の正面に、椅子に座った俺も寄っていく。

「あたしをサーヤちゃんだと思って、話しかけてみて」

春が、高宇治さん……。

真逆すぎて全然イメージできないけど、あくまでも練習だからいいか。

「ええっと…………今日、天気、イイネ……」

「だね」

「…………」

あ、会話終わった。

「灯くん、灯くん、天気はないよ、天気は」

真面目な目をした春に、クソ真面目なトーンで注意された。

「万人共通だから、ああやって秒で終わるんでしょ」

「万人共通の話題の、万能トークなんじゃ」

たしかに。

「春は、仲良い人多いよな？　どうやって仲良くなってんの？」

「そのペン可愛いね、どこで買ったのー？　とか、気づいたところを褒めてみたり」

「ふんふん。もっとちょうだい、そういうの」

「共通の知っている人の話題……先生の話とかいいよ。グチっぽく話すとか。『マッチョンってワキガじゃん？　あたし横通るときに息止めてんだけど。ウケる』みたいな？」

「おぉぉぉ〜！　話弾みそう！」

コミュ力たっけぇぇぇぇ！

「あたしがそうってだけなんだけど、話しかけられるのって、嬉しいの。だから、あたしから話しかけようと思って」

照れたように春は首筋をぽりぽりとかく。

俺の幼馴染、ギャルど真ん中だけどめっちゃいい子だった……。

「灯は何かないの？　共通の話題」

共通の話題があれば人は仲良くなりやすい――。

俺の直感は間違っていなかったらしい。

「実は俺、ラジオ好きで」

「ラジオ？」

これは誰にも言ったことがない俺のひっそりとした趣味だった。

幼馴染の春がきょとんとするのも当然だ。

「そう。芸人のマンダリオンってコンビいるだろ」

「ああ、うん。結構テレビ出てるよね」

『マンダリオン』は、ボケの本田とツッコミの満田通称ミッツンの三〇代の男性コンビで、ここ最近テレビにもよく出ている。

「その二人が深夜にやっている『マンダリオンの深夜論』ってラジオ番組がとくに好きで、よく聴いてるんだ」

界隈ではマンシンと略されることが多い。

それを聞いた春は、へぇー、とフラットな反応を見せた。

俺が勝手に想像していたイメージでは、趣味でラジオを聴いているって、なんとなく暗そうなイメージが一般的にありそうだからこれまで黙っていた。昔のアニメオタクに抱く印象がそうだったらしいし。

認知度がサブカル系趣味よりも下のマイナー趣味だと俺は思っているので、口にする機会もなかった。

ともかく、春は偏見がなさそうなので助かった。

「じゃあ、なんとなく流して聴いているってわけじゃなくって、動画や配信見るのと同じ感じで、きっちり聴いてるってこと?」

「うん。毎週水曜に深夜の一時からやってて、リアタイしてる」

「眠そうなのはそれでか……。あたし、てっきりアニメ観てるんだとばかり」

「観なくはないけど、リアタイするほどじゃないかな」

「そんなに面白いんだ？」

興味があるんなら、説明しないではいられない。

というか、誰かに番組の話をするのははじめてなので、しゃべりたくて仕方なかった。

おほん、と俺は一度咳払いをする。

「まずミッツンと本田の二人がな、今週あったこととか、気になったことをしゃべってるだけなんだけど――」

「ミッツンってどっち？　左側に立ってる人？」

左右の話であれば、たぶん漫才するときの立ち位置のことだな。

「ミッツンは向かって右側、ツッコミの人な。……で、テレビじゃ話さないようなプライベートなことを話したり、困ってる日常のこととか話すんだよ」

「……？」

それの何が面白いのか、と問いたげな春の表情だった。

思っていても口にしないあたり、春の他人を尊重するっていう対人スキルの高さが窺える。

「いや、テレビ出まくってる芸能人でも、普通の悩みがあったり困っていることがあったりするんだよ、当たり前だけど。親近感湧くし、それをやっぱ芸人だから上手くトークするんだ」

「へぇ」

「『わかるわ、それぇー』みたいな反応になるから」

春の表情が一ミリも変わっていない。

こうなりゃ……。

「聴く？　昨日の放送。アプリで聴けるから」

「いや、そこまではいい」

聴いたほうが早いと思ったんだけど、ここまであっさり断られるとは。

俺の説明スキルが終わってるから春の反応もこうなんだろう。面白いんだけどなぁ。

「うーんと。話を戻すとさ」

「戻すなよ。まだ話は終わって」

「これ以上は長そうだからいい」

こっちは不完全燃焼。

なんなら話していいとわかってエンジンがかかってしまった分、余計にスッキリしない。

「……ま、気が向いたら聴いてみて。高宇治さんは、おそらくマンシンリスナーっぽいから、これが共通の話題になるんじゃないかって思ってる」

「なんでわかんの？」

「グッズ持ってたから」

「だからって灯みたいな熱量かどうかは別でしょ。デザインが気に入って買っただけかもしれないし」

「あ」

その可能性があるのか――――!?

「さっきみたいなトップスピードでこられると、サーヤちゃんどころか、あたしでも引いちゃうから」

「春を引かせられるって、相当だな」

「何を冷静に……」

他人事みたいな俺のセリフに、春はため息をつく。

「けど、きっかけにはなるかもね。どこでそれ買ったのー？　ってところから話がはじめられるし」

「そのグッズがな、番組二〇〇回記念で作られた限定のステッカーで、めちゃくちゃダサいんだ」

「だ、ダサいの？」

　春が表情を曇らせた。

　ギャルにとってダサいはタブーなんだろう。

「番組内で、ミッツンと本田も『こんなん誰が欲しがんねん』とか『何に予算使ってくれてんねん』って言って笑ってたからな」

「……なのにサーヤちゃんは持ってた？」

「うん。そんなにダサいなら俺もほしかった」

「価値観歪（ゆが）んでない？」

「その歪みは、番組愛ゆえというか。だから高宇治さんもそうなんじゃないかなって」

「もう話しかけるしかないじゃん」

「お、おう……」

　実際話しかけるところを想像すると、まだ緊張する。あの日の告白シーンの残像が焼き付いて離れない。

「ビビんなよー。マッチョンを撃退したんだから、サーヤちゃんに話しかけるくらい余裕っしょ」

春が砕けた口調で笑った。

「サーヤちゃんだって鬼じゃないんだし、普通に話しかければ普通に答えてくれると思うけど」

ああ、そうだな。俺はうん、と大きくうなずく。

「深夜ラジオリスナーに悪いやつはいないからな」

「思想強っ」

会話のきっかけと作戦が決まり、いよいよ練習を開始した。

「高宇治さん、それ、ラジオのグッズシール……？」

「そだよー」

高宇治さんはそんな軽い返ししないだろうけど、まあいい。

「お、俺もその、ららラジオ、リアタイしてて……あの」

「……クソキモ童貞」

ぼそりと春がつぶやいた。

「うん？」

「……クソキモ童貞」

二回きっちり言いやがった！

「傷つける意図を持って放ったな今！」

詰るとかディスるってレベルじゃねえぞ。

「急にモゴモゴ言って、早口でキモかったから」

「いざとなると緊張すんだよ。あと、童貞じゃねえから」

頭の中ではもう一〇〇回くらいしてるわ。

「めっちゃ嘘つくじゃん」

「てか、練習だからモゴモゴしてもいいだろ」

それから、俺は春に三〇分ほど練習に付き合ってもらった。

リスナーだった場合とそうじゃなかった場合で2パターン対応を考えて練習したし、春も「これだけやってたら大丈夫っしょ」と太鼓判を押してくれた。

「空気ヤバそうだったら、あたしが入ってあげてもいいけど？」

そうやって春は提案してくれたけど、俺は断った。

春に甘えっぱなしは悪いし、あくまでもこれは俺の事情で春は関係がほぼない。

春と高宇治さんが仲良いっていうなら手助けはしてもらったかもしれないけど、春曰く普通らしいからな。

「んじゃね」

と春が帰り、ひと息ついてぼんやりしていると、窓の外に見えた春がこっちに気づき手を振った。

おろおろしない、モゴモゴしない、早口でしゃべらない。

俺は登校してからずっとその言葉を自分に言い聞かせていた。

通路を挟んだ隣席にいる高宇治さんに話しかける機会を窺っているけど、中々見つからない。

綺麗な横顔に、白魚みたいな細くて白い指。一瞬こっちを見そうになると、思わず目をそらしてしまう。

城所先輩と、昨日何をしたんだろう。

そっちも気になる。

けど、そんなこと訊こうものなら『あなたに何の関係があるの？』ってバッサリ切られそうだから初手でそれはナシだ。

昨日やった練習通りに話しかけるだけ。

理想は……。

『あ、高宇治さん、それマンシンの番組グッズ？』

『え？　よく気づいたわね』

『俺もよく聴いてるんだ。高宇治さんも？』

『ええ。仲が良い二人の話が好きで……』

『わかるぅ～』

　ってな感じ。

　すでに持っているグッズに対して『気づく』必要があるので、このへんは自然にいきたい。

　スキルを得たせいか、練習のおかげか、ラジオの話をするって決めていると以前より話しかける心理的なハードルが下がったように感じる。

【臆病】から【引っ込み思案】に変化しているおかげもあるかもしれない。

　緊張しているけど、前ほどじゃない……！

「さーやちゃん、次の授業って――」

「次は、現代文よ」

　他の女子との話が終わると、フリーの間ができた。

　おろおろしない、モゴモゴしない、早口でしゃべらない――。

今だ。

「あ、あの、高宇治さん」

ドッド、ドッド、とこめかみが脈打っているのがわかる。

「何？」

綺麗と可愛(かわい)いの良いとこ取りの顔に、見惚(みと)れてしまいそうになる。

怪訝(けげん)そうに小首をかしげる仕草も様になっていて、ドラマのワンシーンみたいだった。

まっすぐに俺を見る高宇治さんから目をそらしそうになった。そこで、昨日の春のアドバイスの一つが耳の中に蘇(よみがえ)る。

『目はそらさない。ちゃんと会話は目を見てする。コレ、ふつーだから』

迎撃システムの砲門が一斉に俺へ向くのを感じた。

会話の選択をミスれば一斉射撃でボロボロにされそう。

あれだけ脳内で繰り返し用意していたのに、セリフが全部吹っ飛んだ。

視界の端に見切れた春が、心配そうにちらっとこっちを窺うのがわかった。

変な間が空き、俺はどうにかグッズのステッカーを指差した。

「それ」

「これが、何」

「ラジオの、番組の」

単語ごとに、どうにか言葉を発せられている。

真正面から見る好きな人の顔に、緊張と照れで顔が赤くなるのがわかった。

「俺も好きなんだ、その番組」

「そう」

……。

…………。

高宇治さんは次の授業の準備をはじめた。

あ、あれ？　お、思ってた反応じゃない！

会話が終わる雰囲気になっている。

頭で考えて、スマートにできるんだったら、最初から俺はこんなことになってない。

スマートなんてやめだ。

おろおろするだろうし、モゴモゴもして早口にもなっていい。一回きりの話のきっかけをこれで終わらせるな、俺。

「あ、あの二人の話、おもっ、面白いよね……？　この前のミッツンちの風呂が壊れた話、リアタイしてててめちゃくちゃ笑っちゃって——」

あ。熱量に差があると引かれるって昨日注意されたんだっけ。

我に返った瞬間だった。

美しい陶器みたいに無表情な高宇治さんの目が細くなり、くすっと笑った。

「あのくだり、私も笑っちゃったわ」

「だ、ダヨね。おおおお俺も、めっちゃ、わわ、笑った。——終盤のミッツンがやっているネタコーナーも良くて」

「私もあれ好きよ」

俺は今、高宇治さんとしゃべっている。すごいことをやってのけている達成感がある。

「あのコーナー、結構下ネタ多いけど、女子でも笑えるの？」

ううん、とそこに答えがあるかのように宙を見る高宇治さん。

「……モノによるかしら」

「深夜だし、内容的にも男しか聴いてないと思ってたから、高宇治さんみたいな可愛い女子が聴いていると思っていなくてびっくりして……」

長い睫毛(まつげ)をぱたぱた上下させて、高宇治さんは目をぱちくりさせる。

「あ、ありが、とう……」

小声でお礼が聞こえると、顔をそらされた。

「うん。え？」

変な反応だった。

俺、今なんか変なこと言った……？

……。

…………………。

言ってるな⁉　キモいこと言ったな⁉

「いややややや、いやいやいや、可愛いっていうのはその変な意味じゃなくっ！　客観的に、えっと、そういう評価と一般的にされていて――！」

焦るなってほうが無理だ。変なことを口走っちまった。

「言われ慣れてるだろうけど――、その」

ふるふる、と高宇治さんは首を振った。

「ご、ごめんなさい。私も驚いてしまって……面と向かって言われ慣れないから反応に困ってしまって」

髪を耳にかけるのがクセなのか、それともそのついでに手で顔を隠そうとしたのか、ともかく一瞬覗いた頬が少し赤くなっていた。

「高宇治さんが可愛いって言われ慣れない世界線って存在する⁇⁇」

シンプルに疑問だった。告白されるときに言われるんじゃ。

「思想強っ」と教室のどこかから声が聞こえた。

「あ、あります……存在、します……」

どんどん声が小さくなっていく高宇治さん。それに反比例するように、頬がかぁぁぁぁ
と赤くなっていった。

なんだその反応。可愛い。

「面と向かって普通言わないから……」

ミスった。

でも、迎撃システムは作動してないような？

「ごめん——、他にリスナーを見かけたことがないから、あれこれしゃべっちゃって」

うつむいたままの高宇治さんは、またふるふる、と首を振った。

「私も、リアルでははじめて、だったから」

ツイッターや他のＳＮＳしてたら、リスナーはごろごろと見つかる。

「『嬉しくてつい』」

と、高宇治さんと声が被った。

それが恥ずかしかったのか、みるみる高宇治さんが肩をすくめて小さくなっていった。

話す前と話しかけたあとでイメージが全然違った。

この話題しかしてないからかもしれないけど、共通の話題があってよかったと俺は心底思った。

好きな人というのもそうだけど、それ以前に同好の士と話せること自体俺ははじめてだった。

机の横にかけた高宇治さんの鞄がふと目に入る。

ちょっとだけ離れているけど、一応隣の席。

何度か見かけたことのある鞄に、見慣れないものがくっついている。

「あれ。それって——」

キーホルダー。

公式サイトでどんなデザインなのか確認したから間違いない。

今のところ、とあるリスナーにだけ送られたキーホルダーだった。

「『マンシン』の年間MVPハガキ職人に送られるグッズじゃ——？」

ラジオ番組にリアルタイムで感想のメールを送ったり、募集しているコーナーにメールを送ったりする人のことを、昔の名残から、今でもハガキ職人と呼んでいる。

その日の番組で——。

『年間ＭＶＰに選ばれた「宇治茶」には、しょーもないグッズ送ります。「宇治茶」おめでとうやで』

『しょーもないとか言うなやｗ　ショボいだけやから』

『俺じゃなくてお前やからな、一番ディスってんのｗ　俺の「しょーもない」は謙遜やねん。つまらないものですが、的な。見てみ。ブースの外のスタッフ、おまえの本音聞いて悲しそうな顔してはるわ』

ってい うくだりがあったのを先日聴いたばかりだ。

「ハガキ職人の『宇治茶』さん……？」

俺がもう一度言うと、高宇治さんはさっとそれを隠した。でも俺みたいなヘビーリスナーにそんなことをしてももう遅い。

【下ネタ好き】のステータスは、そういう意味でもあったのか。

ハガキ職人『宇治茶』。

『マンダリオンの深夜論』でよくメールを読まれるハガキ職人であり、その人が送るメールは、たいてい下ネタが多い。

恐る恐るといった様子で高宇治さんはこっちを覗き見る。

「これは、もらいものだから」

「鬼の下ネタハガキ職人が、美少女だったなんて……」

「人違いよ」

すん、と澄まし顔になるけど、そんな顔してもダメです。

「あ、あと、美少女じゃ、ない、です……」

恥ずかしそうに弱々しい否定も忘れない高宇治さんだった。

「『宇治茶』さん、いつもネタ投稿笑わせてもらってます」

「やめて。その名前を出さないで」

尖（とが）りのある視線に、一瞬ひるみそうになる。

けど、絶対そうなんだよな。ラジオネーム『宇治茶』さん。この半年くらいでめちゃくちゃネタメールが読まれるようになったハガキ職人だ。

放送中のマンダリオンも『宇治茶』のネタに爆笑してたりするし、放送後、番組のタグでツイッターを検索すると『宇治茶』のネタについて好意的な感想がいくつも見つかる。

「今週もメール採用されてましたね」

「だから人違いだって言っているでしょ」

「性の雑学的な切り口のネタメール、めっちゃ笑いました」

殺気すら感じられていた高宇治さんの目が、徐々にゆるんでいく。

「俺、ずっと男が送っているもんだとばかり。女の人なら、そういう切り口もあるのかぁって納得です」

まんざらでもないのか、高宇治さんのクールな表情が徐々に得意げになっていった。

「採用率ってどれくらいなんですか？」

ちなみに、俺も送ったことがある。リスナー歴二年で二〇通ほど。けど、一通も採用されたことはない。毎週数百通くらい届くって番組でちらっと言っていたから、採用されるのはかなりの倍率といえる。

「採用率は、八割くらいってところかしら」

「すげぇ……！」

「ふふん」

ドヤ顔だった。

「ねえ。君島くん、どうして敬語になったの？」

「『宇治茶』さんにはリスペクトしかないので。本人だと思うと思わず敬語になっちゃうっていうか」

ギャップが大きいせいか、俺の中では、まだ高宇治さんと『宇治茶』さんが同一人物という図式が完成しない。

高宇治さんだと思うと、ため口でしゃべれるんだけどな。

「『宇治茶』さん、さ、サインもらっていいですか……？」

「え、え——。わ、私の？」

目を丸くした高宇治さんは自分を指差す。

「はい、もちろん」

「ど、どうしよう……。さ、サインなんてはじめてだわ」

照れくさそうに頰をゆるめる高宇治さんは、ペンケースからサインペンを取り出す。

というか、もう否定しないんだな。

じゃこれに、と俺はノートを渡して一番後ろのページにお願いをする。

さらさら、と迷いなく高宇治さんはサインを書いた。

「どうぞ」

「あざます」

返してもらったノートは、卒業証書並みに丁寧な受け取り方をした。

どんなサインなんだろ。

確認すると、綺麗な字で「高宇治沙彩」と書いてあった。

「……」

「はじめてだから勝手がよくわからないけれど、初サインよ」

そう言って満足げな笑みを浮かべる。

男子誰もがキュンとする笑顔のはずで、本来俺もときめいていただろうけど、状況が状況だった。

キュンよりもガッカリが先に立った。

「全然違うよ、高宇治さん……」

「え、え、え、違うの!?」

挙動不審になりおろおろしている高宇治さん。

「芸能人がサインするとき、本名書かないでしょ？」

「そ……それもそうね」

ご納得いただけたみたいだ。

「い、いちリスナーにサインを求めるほうが間違っていると思うわ」

えぇぇぇ……逆ギレぇぇぇ。

ミスったことに対する恥ずかしまぎれの八つ当たりみたいなものらしい。

気分を害したらしい高宇治さんは、ぷい、とそっぽを向いてしまった。

……逆ギレする理不尽なところも、可愛(かわい)いから許せてしまう。

先生来たぞ、と男子の誰かが言ってバタバタと席につく。

ああ、休憩時間が終わる――。

最後に、最後に、俺の気持ちだけきちんと伝えないと――――！

「これからも応援してます。毎週楽しみに聴いてるんで」

偽らざる俺の素直な気持ちだった。

ちら、とこっちを見た高宇治さんは、片手を伸ばした。

「握手くらいなら、してもいいけれど？」

「お願いします」

ちょっと高飛車な高宇治さんの手を両手で握った。

「メール投稿頑張ってください」

「あなたに言われなくても頑張るわよ」

手を放したところで、先生がやってきて授業がはじまった。

ノートの最後のページには、綺麗な字が書かれている。

思っていた以上にしゃべれた。夢みたいな時間だった。

それに、『宇治茶』さんと握手できたし。

…………ん？

『宇治茶』さんと高宇治さんは同一人物だから……。

俺、高宇治さんの手を握ったことになるのか。

高宇治さんとしてだったら、たぶん握手なんてできなかっただろうな、きっと。

2　同好の士

午後のホームルームで今年一年の委員会が決められた。

最初、春に「美化委員楽だから入ろー」と誘われてそれでいいか、と思っていた俺だったけど、状況が変わった。

「まず、学級委員の男女を決めて、その二人にあとの委員を決めてもらおうと思います」

と先生が言うと、ざわついていた教室が嫌な静けさに包まれた。

面倒くさそうなイメージがあるため進んでやりたがる人はいないからだ。

「自薦他薦問わず、誰かいませんかー？」

困ったように先生が言うと、女子の一人が挙手をした。

「沙彩ちゃんとか、成績いいしぴったりだと思いまーす」

誰もが認める優等生である高宇治さんに注目が集まった。

「高宇治さんならちゃんとしてくれるし、いいと思う」

男子の誰かが言うと、高宇治さんの澄まし顔が少しだけ曇ったように感じた。

押しつけとかではなく、ぴったりだと俺も思う。

けど、本人はそこまで納得してなさそうだった。

それから、面倒だから押しつけようと思ったのか、男女数人から高宇治さんを推薦する声が上がった。

「高宇治さん、どう？　去年もしてたんだっけ？」

「……はい」

返事をした高宇治さんは、考えるように黙り込んだ。

【押しに弱い】のステータス通り、クラスの半分近くに推薦されて、嫌と言い出せないのかもしれない。

学級委員は、男女二人を決める。

ここで俺が立候補すると、秒どころか瞬で決まるだろう。

そうなったら、俺が女子の誰かを指名してその人にやってもらう。そうすれば、高宇治さんはやらなくても済むんじゃないか？

押しに弱い高宇治さんが、めちゃくちゃ困ってる。

助けるといえば大げさだけど、やりたくない人に無理強いするようなことは避けられるはずだ。

よし、プランはまとまった。これでいこう。

高宇治さんに注目が集まる中、俺は小さく挙手した。

「先生、男女のどちらか決まったら、決まった人が相手を指名できることにしませんか？」

「指名された人次第かな。それでもいいと思う。決まらなかったら通常のやり方もできるし」

先生はあっさり了承してくれた。

目立つことにさほど慣れていないけど、高宇治さんを助けると思えばなんてことはない。

「じゃあ、俺、やってもいいです」

高宇治さんがこっちを見たのがわかった。

「じゃ、君島(きみしま)くんお願いね」

反対の声もなく、予想通り即決した。

「高宇治さんは、乗り気じゃなさそうなので、女子の学級委員は俺が指名させてもらいます」

前に出て軽く説明する。慣れてないので、こうやって視線を集めるのはなんだかくすぐったい。

「瀬川(せがわ)さん、いい？」

春って呼ぶのは躊躇(ためら)われたので、名字で呼ぶと、ガタリと春が席を立つ。

「そうなるだろうとは思った。メンドいけど、いいよ」

いい笑顔で春が了承してくれた。

「瀬川さんは、先生、ちょっと遠慮してほしいかなー？」

「えー⁉ なんでっ。あたし、全然イケてんじゃんっ。クラスのことマジでアゲるよ？」

「んー。学級委員はちょっとぉ……」

校則違反の塊が、クラスの代表は務められないってことか。

マズい。あてがはずれた。

ぶーぶー、と春が文句を垂れていると、すっと手が挙がった。

「やります」

鶴の一声に、教室が静かになる。

手を挙げていたのは高宇治さんだった。みんなが困っているのを見かねてってところだろうか。

反対の声は当然なく、先生の激烈な賛成を受けて、学級委員女子は高宇治さんに決まった。

「嫌じゃなかった？」

前にやってきた高宇治さんに訊くと首を振った。

「いいえ。嫌じゃないわ」

俺が勝手に深読みしてしまっただけだったのか？

「君島くんじゃ、不安だから」

「そうかもだけど」

高宇治さんはくすっと笑う。

「冗談よ」

普段無表情に近い高宇治さんが笑うと、破顔という表現がぴったりくる。こんなにもいい意味で崩れるのかと思うと、普段の澄まし顔とのギャップに目を奪われてしまう。

「あと、ラジオの話は学校では禁止ね」

「え。なんで」

それを奪われたら、俺は高宇治さんに話しかけるきっかけがなくなっちまう。

「その話をしていると、あの名前を出すでしょ？　ここでは二度と出さないでほしいから」

身バレ防止ってことか。

そういうことなら、と俺は渋々了承した。

委員決めはそれからすんなりと決まっていき、すぐに放課後を迎えた。

「灯（あかり）、美化委員やるって言ったのに。バカリのバカ」

拗ねたように唇を尖らせる春が、帰る準備を整えると俺の席までやってきた。

「いいかもなーって言っただけで、やるとは言ってないだろ？　あと、バカリのバカって言うと、腹痛が痛いみたいになるから」

まあいいけどさ、と春はつまらなそうに言う。

この口調でこの態度は、全然良くない証拠だ。

「仲、良いのね」

高宇治さんが言うと、春が反応した。

「幼馴染だから」

「あぁ、それで……」

何か腑に落ちたらしく、ふむふむ、と高宇治さんはうなずく。

「サーヤちゃん、まだ帰んないの？」

「先輩を待っているの」

そうだった……。高宇治さん、城所先輩と付き合ってるんだった……。

「あ、灯の目が死んだ……」

たくさんしゃべれた、とか、仲良くなれたかもしれん、とか、今日色々思っていたけど、「先輩を待っているの」のひと言で、それらの気持ちは粉々に砕け散った。

そもそも、手遅れ。

ゲームオーバーではあったんだよな……。

高宇治さんに噂を教えたとしても「人の彼氏を悪く言うなんて最低」と侮蔑の目でトドメの一撃が放たれそう。

「そういや、今日夕飯うちで食べないかってママが言ってたよん」

「あぁ……」

亡くなったうちの母親と春の母親の仲が良く、父子家庭を気にかけて、ときどきこうして夕食に呼ばれるのだ。

「チンするだけだから」

「チン――っ、ぷふー」

ハムスターみたいに頬を膨らませた高宇治さんは、口元を押さえた。

レンジでチンの『チン』でもう笑っちゃうのか。

どのレベルの下ネタかと思いきや、小学校低学年レベルだとは……。

「ん？　サーヤちゃん、今笑った？」

「何の話？」

ボタンで表情を戻せるかのように、高宇治さんは元の澄ました「すん顔」になっている。

爽やかイケメン面をぶら下げた城所先輩が、教室を覗くと高宇治さんが席を立った。

「沙彩ちゃん、お待たせ。行こう」

「待ってないので、大丈夫ですよ」

荷物を持って、「じゃあ、また」と俺と春に挨拶をして城所先輩と一緒に出ていった。

「イケメンー。でもってヤリモクぅー」

春が節をつけて歌うように言う。

押しに弱くて、下ネタの許容範囲も広い高宇治さん……。

あんなことや、そんなことをあのイケメンと……。

「死んだ。仲良くなれたかもと思ったけど、ワンチャンなんかなかったんだ」

「あたしは最初からそう言ってるって話。ま、どういうアレかわかんないけど、一緒の委員になったじゃん。これからもしゃべれはするよ？」

「ノーチャンスだとわかってしゃべるの、辛い」

でも、しゃべれると嬉しい。なんだこれ……罠か何かか？

「春、このあと時間ある？」

「んー？　まあ、あるっちゃあるよ」

「ちょっと付き合ってくれ」

前を歩く美男美女から離れること数メートル。

俺は物陰に隠れながらその二人を追いかけていた。

「付き合ってくれって、何かと思ったら……」

呆(あき)れたような春の声が後ろから聞こえる。

「センパイとサーヤちゃんのストーキングだったとは。あたし誘う必要あった？」

「見つかったとき、誤魔化(ごまか)せるだろ？」

「そういうことね」

はぁ、とこれ見よがしにため息をつかれたけど、全然気にしない。

城所先輩と並んで歩く高宇治さんは、すれ違った人が振り返るくらい様になっているカップルで、通行人の目を奪っていた。

二人の間に会話はなさそうだった。

俺が想像している恋人同士って、あんな感じなのか？

「春、あの二人しゃべってないよな？」

「っぽいねぇ～」

退屈なのか、春はピカピカに磨いてある自分の爪を眺めている。

「高宇治さん、楽しくないんじゃないか」

「どうなんだろ」

と、春がようやく二人に目を移した。

「付き合いたてって話だから、まだギクシャクしてるだけって可能性もあるし、お互い緊張してんのかもね。時間が経てばあのちょっと気まずい雰囲気もなくなって楽しくしゃべるようになるのかも」

ネガティブな俺の予想には全然同意してくれない。

「春がそう言うならそうかもしれねぇけど、先輩はさ、高宇治さんのことが好きで付き合ってるんだろ？」

「サーヤちゃんからかもしれないじゃん。灯はすぐ決めつけるんだから」

俺が高宇治さんへの想いを秘めていたように、高宇治さんも城所先輩への想いを秘めていた……？　それなら高宇治さんが緊張して会話があまりできないのもわかる。

逆に、城所先輩が高宇治さんのことを気に入って告白した場合。もし俺なら、空元気でも何でもいいから話を振るけど、百戦錬磨のイケメン先輩にそういう素振りはない。

城所先輩のステータスを覗いてみる。

・城所竜星（りゅうせい）
・成長：停滞
・特徴特技
自他共に認める甘いマスク
スポーツ万能
策士

高宇治さんもそうだったけど、ステータスにきちんと容姿を褒めるものが入っている。

客観的に見て納得感があれば、イケメンだの美少女だののステータスが入るんだろう。

「マスクで甘いのはメロンだけにしてくれよ」

「何言ってんの？」

「なんでもない」

スポーツも万能だし、モテ要素の塊みたいな人だな、ほんとに。

【策士】っていうのが、すげー気になるんだよな……。

変な企てをしてなけりゃいいけど。

「もしや……悪い仲間に高宇治さんのことを紹介して、アンダーグラウンドな世界に連れていくつもりじゃ」

ふふ、と春が笑った。

「考えすぎっしょ」

「漫画で見たことあるんだよ！」

「いや、漫画じゃん」

「それもそうだな」

ひと言で冷静になった。

賑(にぎ)やかな駅前のほうへ歩く二人を追跡する。楽しげな雰囲気は依然として感じられず、ただ一緒にいるだけの様子だった。

「もしかして、高宇治さんと先輩は、長年付き合いのあるご近所同士で、兄妹みたいに育った一歳違いの幼馴染なんじゃ」

こんなに無言でお互いそれを気にしないのは、そうとしか考えられん。

「あたしと灯みたいな関係ってこと？」

「うん。無言でいても、気にしなくてもいいっていうか、苦にならないっていうか、その沈黙の間も心地いいっていうか……」

近所の仲良しさん説を提唱した俺を否定する声が聞こえない。

ちらりと見ると、春が金髪をいじいじと指先で弄んでいた。

「灯、あたしのことそんなふうに思ってたの？」

心なしか、春の頬が赤い。

これまで春と一緒に帰ることは何度もあったけど、お互いよくしゃべるほうでもない。無言でいる時間のほうが長いくらいだった。

その時間を俺は苦に感じたことはない。春もそう思っているのかどうかはわからないけど、昼休憩、俺がいつもいる秘密の場所にやってくる春は、とくに何か話すでもなく、ずーっとスマホをいじっているだけのことも多い。

沈黙や無言が嫌ならわざわざあの場所を訪れないだろう。

「そんなふうにっていうか、実際そうだろ」

「もっと詳しく」

春が指を手前にちょいちょいと曲げて説明を求めた。

「だから、しゃべることがないんじゃなくて、しゃべらなくてもいい関係……しゃべらなくても良い関係でいられるってことだろ、たぶん」

にまにま、と春は口元をゆるめた。

「灯って、あたしのことをそんなふうに思ってたんだ〜？」

「あの二人もそういう感じなんじゃないかって思って――」

「小中で学校違うはずだよ、あの二人」

「じゃ近所でも幼馴染でもないな」

「兄妹でも従妹（いとこ）でもないはず」

じゃ、シンプルに無言ってことか。

春としゃべっているうちに、公園に二人が入っていく。入口らへんから様子を窺うと、店を出しているキッチンカーがあり、そこでクレープを買っていた。

そして、二人にようやく会話らしい会話が発生していた。

「『ここは、俺が出すからいいよ、サーヤちゃんは』『え、でもそんな、悪いです』『いいからいいから、出させてよ。白い歯キラリ』『じゃあ、お言葉に甘えて』」

と、春が二人の仕草に合わせてアフレコをする。

たぶん、そのままのやりとりが行われてそうだった。

「SNSで美味（おい）しいって話題のお店だよ、あそこ。女子にすごい人気でさ」

「リサーチ済みなのか、先輩は」

俺、全然そんなの知らなかった。

「クレープ屋さんなんだけど、ちょっと高校生が買うには高いかなぁって感じの値段だったと思う」

瀬川解説員が教えてくれる。

「あ、ほら、これ。一番安いので一個八〇〇円」

春がSNSのお店のメニューページを表示させると俺に見せてくれた。

「高ぁ!?」

「その一番高いやつを二つ買ってますな」

遠目でわかったのか春が解説すると、ようやく二人の声が聞こえてきた。

「沙彩ちゃん、飲み物買ってくるけど何がいい?」

「紅茶で……あ、待ってください。出しますから」

財布を探そうとする高宇治さんに、城所先輩は待ったをかける。

「いや、いいよいいよ。俺出すから。気にしないで。じゃ、紅茶ね」

爽やかスマイルを浮かべた城所先輩は、自販機があるほうへ歩きだした。

「…………ああやって、気まずかった女子と仲良くなってるんだな……」

女の子との距離の詰め方が自然だった。

そういう上手さを【策士】っていうなら、そうなんだろう。

女子ウケのいい店を調べて、もしくは知っていて、ナチュラルに帰り道にそういうルートを通って、色々と考えてんだな……。

制服も、校則違反にならない範囲での着崩しをしている。

爽やかの範囲で収まる主張しすぎないアクセサリーとかも、すごくシャレている。

「来週にもなれば、お互いもっと仲良くなってるんじゃないかと予想」

そうなるであろうと春が口にした。

「つら」

「いや、ストーキングするって時点で覚悟しときなよ、それは」

正論しか言わねえギャルだな、こいつは。

「付き合いたてだからお互い距離感がわからないっての、あるじゃん。たまたま今日がそうだったたってだけだと思うよ」

「詳しいな」

「そういう『あるある』ってよく聞くから」

「けど、俺としゃべってたときのほうが、表情豊かだったけどなぁ」

「それ、灯がそうであれって思っているだけでしょうが。負け犬乙」

「うるせえよ」

軽いツッコミのつもりで肩を叩こうとした俺は、よく確認せずに手を春のほうへ伸ばす。

……ふにん、と手の甲に思わぬ感触があった。

ふにん？　この感触は二度目の――。

「～～～～っっっ」

見てみると、俺の手が春のおっぱいに失礼を働いていた。

「あ、やべ。ごめん。今回のはわざとじゃ――」

「エロエロエロエロエロ、バカリのエロっ！　幼馴染だからって、なんでもオッケーじゃないんだけど！　マジで無理！」

触ったことを怒っているのか、恥ずかしいのか、俺の軽い謝罪がムカついたのか、よくわからないけど、春は顔を赤くして半泣きだった。二度目のせいか、嫌な無言はなかった。

そして踵を返して足早に去っていこうとする。

「おい、春――」

「帰るのっ」

べっと舌を出した春は、大股で家路を辿りはじめた。

あとでちゃんと謝っておこう……。

風貌全体的にエロそうな格好をしている春だけど、エロに関してはあの通り。経験豊富って言ったせいで、なんか機嫌悪そうだったもんな……。

そこは全然成長していないのである。

たぶんそれは、高宇治さんもそうじゃないかと思っている。

下ネタが好きだからといって、エロいことが好きってわけじゃないのでは、と。

だからこそ余計に【押しに弱い】というステータスと付き合いたての城所先輩の悪評が気になってしまう。

飲み物を買った城所先輩が戻ってくる。

食べはじめこそ美味しいという声が聞こえていたが、今ではそれもなくなり二人ともノルマか何かのように無言でクレープを食べていた。

恋人同士、公園、クレープというキーワードからは、おおよそ考えられないくらい二人ともしゃべらない。

少なくとも高宇治さんは楽しそうに見えない。

やがてクレープを食べ終えた二人はベンチから立ち上がり、公園を出ていき駅前で別れた。

城所先輩は、高宇治さんが深夜ラジオリスナーってのは知っているんだろうか。

ぼんやりと高宇治さんの背中を眺めていると、何気なくこちらを振り返る。

ばっちりと目が合ってしまった。

やべえ。ストーキングがバレる——。

「君島くん……？」

「ええと——ちょっとこっちに用があって、たまたま見かけて」

以前の俺なら、たぶん不自然に逃げていたと思う。

けど【臆病】から【引っ込み思案】に良化したことと、【口八丁】のスキルのおかげか、逃げることなく適当な言葉がすらすらと出てきた。

「電車通学だっけ、高宇治さん」

知っていることをあえて尋ねて、話をそらす。

「ええ」

「そっか。最寄り駅ってこっちのほうだから、大体この時間のここらへんはうちの生徒率上がるよね」

「ええ、そうね」

教室で話をしたときの高宇治さんではなく、俺がよく知っているこれまで通りの高宇治さんだった。

顔立ちと相まって、品すら漂う佇まい。

ころころと表情が変わっていく様子は可愛い。けど、普段通りの表情は綺麗だといえる。

「駅まで、送るよ……？」

昨日もしこの状況だったなら、絶対に出てこないだろう発言だった。

同じ深夜ラジオリスナーで、『宇治茶』さんで、下ネタが好きで、本当はあんなに表情が変わるってことを知っていなければ、昨日までの俺ならこのまま立ち去っていたと思う。

「大丈夫。ありがとう」

冷たい素顔が少しだけほころんだ。

「そ、そう、だよな……まだ全然明るいもんな」

治安がとてもいいことで知られる宮ノ台駅とその駅前。ファミリーが住みたい町ランキング上位に入るっていうのをテレビか何かで見た。

それじゃあ、と言って駅へ向かうかと思われた高宇治さんは、その場から動かない。

帰ると思っていたから話題を考えていなかった俺は、テンパることになった。

何か話しはじめるわけでもなく、帰りもしない。

「まだ……その、明るいから」

ぽつり、と高宇治さんはつぶやく。

耳を澄ましてなけりゃ、聞き逃していただろう。

もしかして――、いや、もしそれがそうなら、めちゃくちゃ嬉しいけど、そんなはず――。

「よ、よかったら、どこか寄らない？」

そんな申し出を断るはずもなかった。

「俺でよければ。時間大丈夫？」

「ええ」

このあたりは地元なのに、オシャレカフェのひとつも知らない。ＪＫが好きそうな店、店……あぁ全然わからん。検索するか？　いや目の前でそれはちょっと抵抗ある。

――待て。高宇治さんのステータスに【ジャンクフード好き】ってあったな。俺が今まで抱いていたイメージとは逆なんだ。ぱっと見健康志向っぽいのに。

ジャンクな食べ物といえば……。

「駅前のハンバーガーショップとかでもいい？」

「ええ！　いいわよ」

高宇治さんの目が一瞬輝いた気がした。

「行きましょう」

溌剌(はつらつ)として歩きだした高宇治さんに俺も並ぶ。やっぱりあの手の食べ物が好きなんだ。

それはそうと、どうしてこうなったんだ。

向こうからの申し出を受けて自然な流れでイマココなわけだけど、どうして誘ってくれたんだろう。

「さっきまで先輩と一緒だったのに、いいの？」

「何が？」

純粋そうな目で小首をかしげる高宇治さん。

「いや、彼氏といたあと、他の男子と一緒っていうのは」

「気にしないで。大丈夫よ」

大丈夫、か。

それくらい男として見てないってことなんだろうな。で、彼氏って発言を全然否定しない。

……わかってたけどな！

ハンバーガーショップに着いて空席を見つけた俺たちは向かい合って座る。

デートみたいだな。けど、向こうはそんなこと一ミリも思っていないんだろうな。

普段横から見ている分、真正面に座ると顔を直視できない。

………可愛すぎる。

お互い買った物をカウンターで受け取り、席に戻った。

ポテトをサクサクサクサクサク、と細かく食べていく様子はリスみたいで可愛い。もっもっ、と口いっぱいにしたポテトを咀嚼（そしゃく）する。すげえ幸せそう。眺めているだけでそれが伝わってくる。

俺の目に気づいたらしく、言いわけのように口にした。

「こういう食べ物、好きなのだけれど普段あまり行かないから」

「来たりしないの？」

ぷるぷる、と首を振った。話を聞くと、行くとしたらカフェが多いらしく、だから友達には余計に言い出しにくいそうだ。

チーズバーガーにかじりつく高宇治さん。口の横にケチャップをつけている。わんぱくかよ。可愛いかよ。

「一度だけこういうお店に寄りたいって帰りに友達に言ったことがあるの。そうしたら、『沙彩ちゃん、ああいうの好きなんだ？』って笑われて……」

笑われる？　別におかしくないだろう。安くて美味（おい）しいし。って思うけど、そこは女子の世界。ガツガツした感じのオシャレじゃないものは避けるものなのかもしれない。

「オシャレで可愛いものがみんな好きだから、私もそうであろうと。じゃないと友達いなくなっちゃうから」

そう言って高宇治さんは困ったように笑う。

周りと同じじゃないと輪に入れてもらえなくなる――。同調圧力みたいなもんか。

「本当は高いクレープなんて、別に食べたいわけじゃないのよ。SNSで話題のスイーツ店に行きたいと思ったこともないの」

JKで思い浮かぶステレオタイプと高宇治さん本人は違うってことなんだよな。

「おまけに深夜にラジオを聴いてネタメールを送る珍しいタイプの女子」

「そう」

苦笑が笑顔に変わった。

「連れてきてくれて、ありがとう。一人だと来にくいから」

「いやいや、全然。ここに来る相手が俺でいいなら、いつでも付き合うよ」

あ、勢い余って余計なことを――。

「本当に？　本当に本当？」

ずいっと顔をこっちに寄せてくる高宇治さんは、子供みたいにまた目を輝かせた。

「う、うん。顔、近いデス」

美貌を近づけられると、圧倒されてつい目をそらしてしまう。

「あっ、ご、ごめんなさい……。こういう話が出来る人、今までいなかったから」

はっと我に返った高宇治さんははにかんだように笑う。

「食べたいときに呼んでくれたら、いつでも付き合うから」

高宇治さんはくすっと笑った。

「どういう呼び出しよ、それ。変なの」

しゃべればしゃべるほど、普段とイメージが違うとわかる。風貌から大人びたものが好きそうなのに、案外味覚は子供っぽいのかもしれない。

何か話題、話題……。学校では封印されることになったけど、学校以外ならいいだろう。

「『深夜論』いつもリアタイしてるの？」

やっぱりこの話題しかなかった。

「寝落ちしてしまうときもあるけれど、たいてい最後まで聴いてるわ」

「俺も。適当にスマホ触りながら聴くとちょうどよくて」

「私も。ベッドの中で聴いていることが多いわ」

「わかる。だから興味ない話が続いたりすると寝ちゃうんだよな」

ふふ、と口元だけで高宇治さんは笑う。

「そのためにベッドにいるのよ」

「うん、そうそう。次の日、登校中にウトウトしはじめたところからアプリで再生して聴き直して……」

「同じね。私は電車通学だから車内で聴いているけれど、トークやネタコーナーでツボにハマったとき笑いを殺すほうが大変で」

「電車通学の大変なところだね」と俺は続ける。

もしかすると、高宇治さんも本当はしゃべりたかったんじゃないのか。

この手の話をしている高宇治さんは、駅前にいたときよりも表情が豊かで、同一人物とは思えないほど饒舌（じょうぜつ）だった。

小腹が空いたので、追加でアップルパイを買って席に戻った。

「何を買ってきたの？」

「アップルパイ」

「ぱい……っ。ぷふーっ」

「持ち帰りして冷めたときは、このアップルパイをチンして温めて――」

「〜〜〜っ」

笑いを押し殺しながら高宇治さんは、ぺしぺしぺし、と机を叩く。

面白いことは何ひとつ言ってないぞ。

まあ、チンのくだりは狙って言ったけど、やっぱりこのあたりの下ネタ——てか下ネタでもない——がツボなのか？

笑いが収まった高宇治さんは、顔を上げると同時に、すん、と澄まし顔に戻った。

すん顔に戻してももう遅いって。

「小学生が喜びそうなネタが好きなの？」

「何の話？」

目の前であんなに爆笑しておいて、とぼける気だ。

隠したいなら追及はしないでおこう。

それ以降も、ラジオ話で盛り上がった。いつの間にか二時間近く経とうとしていて、窓の外はもう真っ暗だった。

「高宇治さん、そろそろ行こうか」

「え……」

高宇治さんは大好きな主人を見送る犬みたいな、しょんぼりした顔をした。

「もう、外も暗いし」

「それもそうね……」

「遅くなってごめん、つい話に夢中で」

「ううん、いいの。私も、楽しかったから」

この笑顔をスクショしたい。

昨日までの俺に見せてあげたい。

店を出ていき、駅までの短い道中でも俺たちはまた同じ話題であれこれ話した。

「結局送ってもらってしまったわね」

改札で「また明日」と別れて、高宇治さんの背中を見送る。

めちゃくちゃしゃべったし、楽しかった。そもそもこの話ができる人がリアルでほとんどいないせいでもある。

同じオタク趣味でも、ラジオに比べたらアニメや漫画やゲームなどのサブカル系はかなりメジャーだ。ラジオって春に言ってもピンとこない様子だったし。

出口のほうへ歩きだすと、

「君島くんっ！」

高宇治さんの声が構内に響いた。

振り返ると、ぱたぱた、と慌てた様子の高宇治さんが、こっちへ小走りで駆けてくる。

ガタン、ピンポーン！

「うきゃぁっ⁉」

高宇治さん、改札に阻まれていた。

「どうかした⁉」

俺も急いで改札まで戻る。

店に何か置き忘れたとか？

「君島くん……。よかったらライン、交換、しましょ」

「え？」

思ってもみない提案に、俺は目が点になった。

「まだ話し足りなかった？」

それしか考えられず、俺は思わず笑みがこぼれる。

「……そ、……違うわ。学級委員同士だから連絡が取れたほうが便利だと思って」

「あぁ、それで……」

業務連絡ね、はいはい……。

連絡先を交換しようとすると、微妙に高宇治さんが持つスマホが震えていた。

いや、これはスマホじゃなくて手のほうか？

「高宇治さん、手、震えてない？」

「だ、誰が。緊張なんてしてないわよ」

してるんだ。

交換してほしいって言われることが多々ある分、逆にお願いすることがないからだろう。

「何かあったら連絡するわ」

「何かなくても、全然、いつでも連絡していいよ」

「っ……」

思ったことを言うと、高宇治さんは言葉を詰まらせた。

それから諦めるように首を振る。

「……ダメよ、迷惑かけてしまうもの」

構内には高宇治さんが乗ろうとしていた電車のアナウンスが流れる。小さく会釈をしてホームへと歩きだした。

俺はアナウンスに負けないように声を張った。

「遅くても起きてるから、俺！」

なんとなく。ただなんとなく、夜の、それも深夜に連絡したいのかもしれないと思った。リアルタイムで一緒に聴いて、聴きながら話せる誰かがいれば、きっともっと楽しいだろうなって、思ったことがあるから。

足を止めた高宇治さんは、はっとこっちを振り向く。

驚いたような表情がゆっくりと変わり、目が細まっていった。

口が動いた。小声でなんと言ったのかわからなかったけど、花が咲いたような笑顔を残して去っていった。

しゃべったし、握手だったけど手を握ったし、ラインも交換した。今日は怒涛の展開続きだ。

学校での高宇治さんは『高宇治さん』であろうとしている。みんなが描くイメージ通りの高宇治沙彩であろうとしている。周囲の女子と違うから、味の濃いジャンクフードが好きなんて言わないし、もちろんラジオ好きなんて公言しないし、下ネタ好きだとも言わない。下ネタで思わず笑ってしまってもすん顔にすぐ戻す――。まるで自分から個性を消しているかのようだった。

下品な話は嫌いで、ニコリともせず喫茶店でクラシック音楽を聴きながらティーカップ傾けている、イメージ上のそんな高宇治さんは本当はどこにもいなかった。

『高宇治さん』であろうとしている高宇治さんにとって、誰でも気軽に行けるファストフード店は、酷く高いハードルだったらしい。

また連れて行くなんてお安い御用だ。あんなに喜んでくれるなら、毎日でも付き合ってあげたい。

あれが高宇治さんの素なら、学校の高宇治さんより俺は素敵だと思う。

だからこそ、【策士】で悪評のある城所先輩から高宇治さんを奪いたいという気持ちはより強くなった。

現状、俺にできることは趣味の話をする、ファストフード店に連れていくことだけ。

城所先輩みたいな制服を着崩すセンスもないしお金もない。

「さっき奢ることもできなかったもんな……」

俺も何か奢ろう、と勇んで財布を覗いたけど、二人分を支払えるほど残っていなかった。

「服のセンスもねえ、お金もねえ……。でも、お金だけならどうにかできる――」

バイトしよ。

お金を作って、デート用の服を買って、デートのお金をそこから出そう。

まだデートの予定なんか全然ないけど。

家から遠くもなく、近くもない、自転車で一〇分ほどのコンビニからアルバイト採用の連絡があった。

バイトといえば、なんとなくコンビニのイメージがあったので、応募してみたら案外反応がよく、すぐに働けるとのことだった。

放課後、俺は初バイトのため、職場となるコンビニにやってきていた。

店長から説明を受けてレジを覚えたり、ホットスナックを調理してみたり、意外とやることが多い。

「あとは、西方さんって子が来るから、わからないことがあったらその子に訊いて」

そう言って、店長はバックヤードに入っていった。

入店の電子音が鳴ってそっちを見ると、小学生らしき女の子が飲み物を選んでレジまで持ってきた。

「今日から入る新人さんですか～？」

その子はニコニコとした笑顔で尋ねてきた。

「え？　あ、はい」

今日から入る？

「よろしくお願いしますね、後輩クン」

「んんん？」

レジを済ませると、その小学生はバックヤードに行き、俺と同じ制服を着てこちらへ戻ってきた。

たぶん一番小さいサイズだろうけど、それでも袖も裾も余りまくっていて、子供がいたずらで着ているみたいだった。

もしや、西方さんっていうのは……？

「君島灯っていいます。よろしくお願いします」

小学生じゃないのか。いや、小学生でも働けるコンビニなのか……⁇

「西方芙海です。よろしくお願いします」

にこりと微笑んだ西方さんは、丁寧にお辞儀をする。

「バイト、大変だけど頑張りましょうね」

よかった。どんな人かと思ったけど、いい人そうだ。めちゃくちゃちっちゃいけど。

口調がほわほわしていて、雰囲気だけならお姉さんぽくもあるけど、背丈が完全に小学生だ。

・西方芙海
・成長：下降
・特徴特技
見た目は子供
頭脳は賭博師
気質はモラハラ体育会系
ケンカは百戦錬磨

情報が多い！　一個ずつが濃ぃぃ！
戦後を生き抜いたギャンブラーみたいなステータスだな⁉
角刈りで晒（さら）し巻いてないほうがおかしいくらいだ。
小学生女子みたいな見た目しているのに。
女子っていうか、女児っていうか。
「どうしました？」

微笑んだままの西方さんは、フリーズしている俺を不思議そうに覗き込んできた。

「いえっ、なんでもありませんっ」

「いいお返事です」

教わったことを思い出しながら、レジ業務を無難にこなしていく。

ちらりと横を見ると、西方さんは俺の仕事ぶりを心配そうに見守っていた。

「ちゃんとできましたね。後輩クンは優秀です〜」

「いえいえ。そんなに難しくないので」

俺はふと思ったことを尋ねた。

「西方さんって、空手とか武道を習ってましたか？　キックボクシングとか」

体育会系うんぬんもモラハラもケンカのステータスもそれなら納得がいく。

西方さんは、顔をしかめて首を振った。

「いいえ〜。そういうおっかないのは、何もやったことないです」

それが一番怖ぇよ。

なのにケンカ強いのかよ。

「あと、芙海ちゃんって呼んでください」

「先輩なので、芙海さんで……」

「はぁーい」

ほわほわ、と花が周囲に浮かんでそうなくらいご機嫌な芙海さん。

話を聞いていると、俺がはじめての後輩らしい。

「店長もお客さんたちも、みんな私を子供扱いするんです。後輩クンができたので、それもなくなりそうですね」

芙海さんはうふふ、と上機嫌そうに笑う。

「先輩らしいところを見せれば、おのずと偏見もなくなるでしょう」

えへん、と胸を張る芙海さん。

……………なんていうか、親戚の子供を見ているみたいで、庇護欲がすごい。

「後輩クンは高校生ですか～？」「何高ですー？」「え～、宮ノ台高校なら一緒です！　一緒っ」

きゃっきゃとはしゃぐ芙海さんは、同じ学校の先輩だったらしい。

てか高三かよ。成長期どこに忘れてきたんだ。

「宮高でも後輩クンだったんですね」

学校で見かけたことはないけど、たぶんお互い様なんだろう。

棚にある業務用のファイルを取ろうとした芙海さんが、踏み台を持ってきてその上に立った。

「ふんんんんん〜〜〜〜〜」

俺なら手を伸ばせば届くところを、芙海さんは踏み台を使っても届かないらしい。

「取りますよ」

「あ、大丈夫ですよ。いつもこうやって——んんんんん」

って言うけど、届きそうな気配が全然ない。

顔を赤くして、目をぎゅっとしてつぶっている。

ようやく棚に手が届きそうだけど、取ろうとしていたファイルじゃないものを掴もうとしていた。

「すみません、失礼します」

俺は後ろから芙海さんの両脇に手を入れて、ぐいっと持ち上げた。

「ふひゃぁ!?」

「取れますか」

「は、はい…………っ」

大きな業務用ファイルを持った芙海さんをゆっくりと降ろす。

「れれれ、レディの体に勝手に触ってはいけないんですよっ」

「すみません、レディ扱いしてなくて」

「そっちを謝るんかぁーい」

思った以上にノリのいい先輩だった。どこらへんが体育会系なんだろう。

この見た目でレディ扱いはさすがに難しい。ぱっと見、小三くらいなのに。

「いいですか、後輩クン。私は、レディの体に勝手に触ったことをまず謝ってほしくてですね」

もぉ、と人差し指を振りながら芙海さんは俺に不満をぶつけてくる。

子供が背伸びして大人みたいな説教をしているようで可愛い。

「ああいうときは、後ろから代わりに取って私の耳元で『これがほしかったんだろ？』ってイケボでそっと囁くんですよっ！」

「性癖詰まりまくりじゃないですか」

「次はやってみてください。後ろからそっと。後輩クンなので、先輩の言うことは絶対です」

体育会系気質出てる！

「後輩クンは、良い声をしているのでゾクゾクくると思うんです、私」

知らんて。

「話変わりますけど、芙海さん、ケンカとか荒事には慣れてますよね？」

「えぇ～？　そんなふうに見えます？　全然ですよ？　怖いのは苦手です」

目をつぶって首を振る芙海さん。

カウンターにギリギリ頭が出るくらいの背丈の芙海さんは、背伸びをしながらファイルをぺらぺらとめくって何かをチェックしている。

「でも、強いですよね？」

「私なんてまだまだですよ～」

世間ではそういう求道者みたいな、謙虚なやつが一番強いんですよ。

「何かあったときの護身術的なアドバイスをひとつ」

尋ねると、ううん、と考える芙海さん。

「素人さんに言ってすぐにできることでしたら――」

否定しなくなったな。

素人さんって……すでにプロ目線なのなんなん。

「鉄仮面です」

「鉄仮面？」

「はい。一番嫌なのは、何をされても無表情を保つ人です。すごく不気味で気持ち悪くて嫌なんですよねぇ。効いているかどうかわからないので」

目線が殴る側！

怖いのは苦手ってブリっ子してたのに。

【ケンカは百戦錬磨】のステータスは伊達じゃないらしい。

「裏にいる店長と話してくるので、五分ほど一人でお願いします」

「わかりました」

何かあったら教えてください、と芙海さんはファイルを抱えてバックヤードのほうへ行ってしまった。

まばらにやってきたお客さんのレジをこなしていると、一人初老の男がやってきた。ボロい身なりにくたびれた帽子を被っていて、片手にカップ酒を持っている。

俺の前にやってくると、ダンッ、と雑に小銭を叩きつけるようにおいた。

「おい、おまえ、タバコ」

「はい？」

「金これで足りるだろうが！　早くしろよ！」

いきなりがなり立ててきた。ひるみそうになったとき、さっきの芙海さんのアドバイス？　が脳裏をよぎった。

　無表情、無表情……。

「あの、すみません、銘柄は？」

「オレぁここでなぁ！　いつも同じの買ってんだ！　言わせんなボケが」

「どなたかは存じませんが、タバコだけではわかりかねます」

　淡々と粛々と、心を殺して無表情……。

　大きな舌打ちをした男は、「あれだ、あれ！」と苛立った様子で指を差した。

　俺が用意すると、ひったくるようにして店を出ていこうとする。

「待ってください。足りてませんよ。二〇円」

　また舌打ちをすると、ポケットを漁って残りの二〇円を隣のカウンターに置いて店を出ていった。

　つはぁぁぁぁぁ～。ビビった～。

「なんなんだよ、あいつマジで……」

　椅子があったら座り込んでたところだった。

　バタン、とバックヤードの扉が開いて店長が心配そうな顔で出てきた。

「君島くん、大丈夫だった⁉」

「ええ、まあ……どうにか」

「よかった……。さすがにちょっとアレだから出ていこうとしたら、西方さんが」

ん？　芙海さんが？

ちらりと店長はあとからやってきた芙海さんに視線を送る。

「私は、後輩クンなら対処できると信じていましたから」

えへん、と胸を張った。

出てる、出てる。体育会系の良くない感じが。

「意外とスパルタなんですね……」

ケンカが強いんだから助けてくれればいいものを……。

体がうっすらと淡く光る。ステータスが更新されたときの合図だ。

店長も芙海さんも俺のほうを見ていたのに何も言わない。

どうやら、この光みたいなものは、他の人には見えないらしい。

さっそく自分へ意識を向けてみると、ウィンドウが表示される。

・君島灯

・成長：急成長

・特徴特技
モブ
肝っ玉
事なかれ主義
ラジオオタク
口八丁
ポーカーフェイス

変わったところは二か所。

【引っ込み思案】がなくなった代わりに【肝っ玉】が追加されている。

他は【ポーカーフェイス】が増えていた。

さっきの出来事を上手く乗り切ったからだろう。

【急成長】だけあって、よくステータスが更新されていく。

「芙海さん、あの人よく来るんですか？」

「私、ここでバイトをはじめて一年くらい経ちますけどはじめて見ました」

あのおっさん、適当かよ……。

俺は大きなため息をついた。

そうしているうちに、時間がやってきてバイト初日が終わった。

大学生らしき次のシフトの人に代わり、バックヤードで制服を脱ぐ。

「疲れましたね～」

ふんわり声で言う芙海さんは制服を脱ごうとしているけど、袖や裾が長すぎるせいで苦戦していた。

さっき言われたことを実践してみた。

耳元で、こそっとひと言。

「手伝いますよ」

「きゃっ」

ゾクリと身震いをした芙海さん。

制服の襟首のあたりを摑んで上に引っ張ると、すぽん、と顔が出てきた。

「さっそく実践するなんて、飲み込みが早いですね」

上目遣いでいたずらっ子を見るような眼差しの芙海さん。

「やれって言われたので」

大学生くらいのお姉さんにその態度を取られたら堪（たま）らないんだろうけど、あいにく見た目小三。そこまで食らわない。

「それはそうと、助かりました」

うふふ、と笑顔を覗かせる芙海さん。

「いつもどうしてるんですか」

「レディの着替えの詳細を訊（き）いてくるなんて、後輩クンのおませさんっ」

年上感がゼロの人にそんなこと言われてもなぁ。

けど、癒し（ケンカ強い）系先輩がいてくれたおかげで、どうにかバイト初日を乗り切れたことはたしかだった。

嫌な客が来ても気が紛れたし、うるさいことは言わないし、学校の話なんかもできた。

「お疲れっした」とカウンターの内側にいる店員に挨拶をして、二人で店を出ていく。

芙海さんは家が近いらしく歩き。方角が一緒だったので、俺はその隣を自転車を押して歩いた。

「芙海さん、三年に城所って先輩いますよね」

「あー、城所くん。はい、いますよ」

「どんな人ですか？」

学校の先輩でもあると知ってから、ずっと訊きたかったことだった。

「どんな人……？　私も仲良くないのであまり知りませんが……イケメンですよね～。とってもモテることは知ってます」

「でしょうね」

雰囲気からして接点もなさそうなので、初耳の情報はこれといって何もなかった。

ちらり、と芙海さんがこっちを仰いだ。

「後輩クン、男子は顔ではなく、度胸です」

度胸か。それで高宇治さんがころりと俺のことを好きになってくれたらどれほどいいか。

「男は度胸ってことですね」

「そうですっ。変なオジサンが来ても、平然と対応をする初日らしからぬムーブはすごいと思いました」

芙海さんなりに俺を褒めてくれているらしい。

「芙海さんの『教え』があったからそう見えるだけで、内心めちゃくちゃテンパってましたよ」

ははは、と俺は苦笑いする。

「内心なんてどうでもよくて、相手に動揺を悟られないというのが重要なんです。……もしや後輩クンは、先輩を立てることが上手な後輩ムーブが得意な後輩クンなのでは」

変な持論を実践しただけで、後輩ムーブと言えるのか？

「ワンコ系後輩……」

「たぶん違いますよ？」

後輩ムーブが得意な男子をワンコ系とは言わないだろ。

「私が言いたいのは、男はココということです」

芙海さんは、とんとん、と自分の胸をグーで叩（たた）いた。

教えが癒し系女子のすることじゃないんだよな。

「顔はわかりやすいステータスですから、色んな女子が好きになってしまうのもわかります」

うんうん、と芙海さんは老師みたいな渋い顔でうなずく。

「結局、人間としてどうなのか、というところが人付き合いなのでは、と私は思っています」

「ありがたいお言葉です」

ふざけ半分で俺は小さく礼をする。

「その点、後輩クンは『好（い）い男』だと私は思いますよ？」

照れくさそうに芙海さんは言って、俺の脇腹にグーパンしてきた。

「いでえっ⁉」

じゃれて軽く殴るとかじゃなくて、ちゃんと痛い！

変なところで体育会系出してくるのやめてくれよ……。

「あの、芙海さん、後輩には何してもいいわけじゃないですからね？」

俺が冗談めかして言うと、芙海さんが目を丸くした。

「え？」

「……えっ？」

依然としてきょとんとした顔を続ける芙海さん。

「「……」」

「「え？」」

こ、この人、後輩には何してもいいと思ってた人だ。

出てるぞ、モラハラの感じが！

変なところで体育会系出してくるのやめてくれよ（二回目）。

「ともかく、何を気にしているか知りませんが、後輩クンは気持ちの面では好い男なので、自信を持ってください」

「気持ちの面……」

後輩ムーブや内面は褒めてくれるけど――。

「見た目は褒めないですね、絶対」

「良い声をしていますし」

「マジで絶対褒めないですね」

まあ、褒められるような顔ではないからな。顔面偏差値45くらいだし、たぶん。

「後輩クンのくせに、脇に手を入れて持ち上げるなんて……とてもハレンチです」

どこが。

「先輩の私だから許しますけど、あれはもう、その……おっぱいを触っているのと一緒ですからねっ！」

どこにあるんだよ、それ。

「後ろから『これがいいんだろ？』なんてイケボでエッチなささやきをしてくるし……」

「そんなこと言ってないですよ」

いやいやいや、と俺は手を振って強めに否定する。

妄想とリアルごっちゃごちゃじゃねえか。

先輩と後輩はこうあるべし、という偏見が芙海さんには存在するようだ。

べし、と芙海さんに突き飛ばされた。……らしい。らしい、と思ったのは、気づいたら俺は自転車を離して地面に尻もちをついていたからだ。

み、見えなかった。

何されたのか全然わからなかった。

「わ、私が、こんなふうにめちゃくちゃしてしまったのは、後輩クンがはじめてです」

嬉しさ余って暴力百倍、みたいなことか？

……すげぇ迷惑だな！

小さくため息をついて、俺はやれやれと頭を振る。

「小動物の癒し系っぽくて可愛いのに、なんでこんな物騒な技術を身に付けちゃったんだよ」

「く、口説くのはやめてください――――っ」

「俺が言いたいのは後半のほうで――」

芙海さんは自転車をあっさりと持ち上げた。見た目小三の体にそんな力あるのかよ。この光景、ゲームでしか見たことないんですけど！

たぶん、顔が赤いから照れ隠しだと思うけど――。

「あの、それ、どうする気ですか――!?　俺のチャリ！」

「今日出会ったばかりの先輩後輩なので、口説くなんてダメです――――！」

それをそのまま俺へと投げてきた。

「口説いてないぎゃぁあああ!?」

女子力と物理的な力は一緒なんだろうか。

放り投げられた自転車を見ながらそんなことを思った。

どうやら、口説いてないってところから説明をはじめないといけないらしいな……。

◆高宇治沙彩

ぽち、とスマホのロックボタンを押して沙彩は画面を暗転させる。

「……」

またロックを解除して、アプリを起動させて灯とのまだ何もないトークルームを表示させた。

勢いで連絡先を交換してしまった。

その日に簡単な挨拶でもしていれば良かったのだが、すぐにメッセージを送るとはりきっている感じが出やしないだろうか？　と疑問を持ち、早数日。

連絡するタイミングを失い、今日に至った。

今夜は『マンダリオンの深夜論』放送日。今夜を逃すと、また一週間連絡ができなくなってしまう。

SNSでは、同好の士であるラジオリスナーはたくさんいるが、現実に、しかも隣の席の男子がそうだったとは思わず、駅前のハンバーガーショップで長々としゃべってしまった。

そのときのことを回想しようとしても、記憶が定かではなく正直あまり覚えていない。

ラジオの話が楽しかったということだけ記憶に残っている。

しゃべることが楽しくて、灯の表情や反応を窺えていなかったのだ。

その翌日。

灯の様子は普通で、いつものように学校一有名なギャルの瀬川春としゃべっていた。

もしかして、引かれたかも——。

柄にもなく熱くなってしまったことは反省している。

またファストフード店に連れて行ってくれると約束してくれた。おまけに同じ趣味を持っている。そんな人ははじめてだった。

まだ話し足りないが、自分から学校では禁止と言った手前もあり、とくにその話はできなかった。

身バレを防止するためとはいえ、本当はもっといっぱい話したかった。

ベッドの中で沙彩は枕に顔をうずめる。

「どうして、私は……」

先週の灯とラジオ談義をしたときのことをまだ反省している沙彩。

変に思われなかっただろうか。

あれから学級委員としての会話を二、三したけれど、灯は至って普通だった。

嬉しさが空回りしてしまったのだと、ひと言謝ればよかったけれど、それもできないでいる。

ドン引きだったのでは、と思うと、ちょっとしたメッセージを送るのにも膨大な勇気が必要だった。

「同じ物が好きでも深度が違うかもしれないのに……！」

知識や理解力が相手を凌駕（りょうが）してしまっていたら、相手は萎縮するだろう。

番組グッズに気づくようなヘビーリスナーだから、大丈夫な気もする。

「けど、普段の私を知っていれば、絶対変に思うわ……！　去年からクラスも一緒だったし、今まであんな雰囲気でしゃべったことがないもの……！」

興味があること……趣味の話題だけは我も相手のことも忘れて語ってしまう——沙彩は完全なオタク気質だった。

逆に興味がわかないことに関しては、非常に素っ気ない。

今まで前者の状況に陥ることがまったくなかったため、後者が高宇治沙彩のイメージとして定着している。沙彩自身も、それを自覚していた。

「あうぅぅぅ」

枕に呻(うめ)きを押しつけて、長い両手足をジタバタさせる。

『メール投稿頑張ってください』

灯が教室で言った言葉が脳裏をよぎる。

『あなたに言われなくても頑張るわよ』なんてカッコつけたが、内心すごく嬉しかった。

思い出すだけで、頰(ほお)がゆるんでしまう。

「ふふっ」

だが、枕に隠れた顔はすぐに元に戻った。

そうだ、ラジオネームがバレているのだ。

すごく尊敬してくれていたけど、沙彩が送っている内容はほぼ下ネタ。

「〜〜〜〜っ！」

クラスの男子がそれを聴いている……！

「……死んだわ」

もう泣きそうだった。

すでに送ってしまっているメールは何通もある。

採用率は八割だなんて灯に大ウソを言ってしまった。実際は、一割がせいぜい。

「アカウントも消して投稿やめようかしら……」

『宇治茶』名義のツイッターには、フォロワーが約六〇〇〇人もいる。こちらがフォローしているのは番組公式アカウントのみという、完全なラジオアカウント。

それらを無にするのは、今までやってきたことがなくなるみたいで気が引ける。

「ラジオのことになったら急にしゃべりだす変な女子で、チーズバーガーやポテトにがっついて、しかもラジオには下ネタを投稿しまくっている……」

客観的な情報を並べると十分ヤバい女だった。

「あぅぅぅぅ」

枕に呻きを押しつけて、長い両手足をジタバタさせた。

加えて高宇治沙彩はエロい女だと思われる可能性もある。

「ネタと本人の気質は別よ、別。……別なんだから」

思い浮かんだ懸念に沙彩は自答する。

「ネタはネタ。性癖や嗜好はまた違うのよ」

分別がついていなかった場合、灯にそう言ってやりたい。

取り留めのないことが浮かんでは消えていき、灯に軽く連絡をしたいと思ってから早一時間が経っている。変な女子で、エロい女子、というおそらくしているであろう誤解を解きたいのだが、引いたかもしれないと思うと、勇気が出なかった。

すると。

開きっぱなしになっていたトークルームに、灯からのメッセージが届いた。

「ふわぁあっ⁉」

着信音に驚いて思わず変な声が出てしまう。

『今日の夜放送だね』

すぐに番組公式のスタンプも送られてくる。

「あっ。私も持ってるわそれ!」

早口になりながら、同じスタンプを探す。

買ったはいいけれど、使う機会が今までまったくなかったスタンプだった。

緊張しながら、同じスタンプを送信。

ペコン。

……既読にならない。

……待っているのに。

高宇治さんもそれ持ってるんだ！　なんて返信がすぐあってもいいのに。

そしたらその勢いで会話も弾むのに。

全然既読にならない。

…………。

反応が怖い。

緊張する。

「ど、どうして！　君島くんとメッセージするだけで、どうして私がこんなに緊張しなくちゃいけないのよ……！」

まったく、と深呼吸にも似た大きなため息をつく。

先週の帰り際、遅くても待っているから、と言ってくれた灯の顔が脳裏に浮かぶ。

迷惑をかけるかもしれない、と言っただけで、どうして夜遅くの連絡のことだとわかったのだろう。

リアタイしている者同士で、ちょっとしたメッセージを送り合いたかった。

電話だってしたかった。

感想を話したかった。

「………」

なのに、既読がつかない。公式ラインスタンプを送っているのに。話が盛り上がるだろう展開なのに。

すると、ようやく既読になった。

「………あ、あれ？」

今度は返信がない。

好きな番組のものなのに。

「ど、どうして？」

会話の流れで、おそらくしているであろう誤解を正そうと目論んでいたが思ったように会話が進まない。

エロくもないし、変な女でもないと解説する予定だった。とくにエロのほうは。

途切れ途切れのテンポの悪いメッセージに、緊張は増すばかり。

言わなくちゃ。言わなくちゃ。言わなくちゃ。言わなくちゃ。

それだけを頭の中で繰り返した。

と、と、と。

メッセージを入力したままの勢いで送信した。

『私エッチなことはしたことないのよ』

これでよし。

ふぅー、と大仕事を終えたような顔で沙彩は大きくうなずいた。

◆君島灯

『今日の夜放送だね』

書いたり消したり、また同じ文章を書いたりを繰り返し、悩むこと一時間。

俺はようやく高宇治さんへメッセージとスタンプを送った。

送ったのは『マンダリオンの深夜論』公式ラインスタンプ。知る人しか知らないスタンプで、ハガキ職人の高宇治さんが知らないとは思えない。

メッセージは、本当はもっと長かったけど、初手で長文はさすがにキモいな、と思って削りに削ってああなった。

せっかく好きな人がわざわざラインを交換しようって言ってくれたのだ。

連絡しないなんて選択肢はない。

ただ、学級委員の業務連絡用って言っていた。

もしかすると無視されるかもしれん……。そうなったら明日学校で気まずいぞ。

てか気づかない可能性もワンチャンあって——、

そう思いはじめて早一週間。

俺はメッセージを送るタイミングを逃していた。

「あぁぁー！　やっぱ送るのやめとけばよかった！」

夜、部屋の中でジタバタしていると、

俺が送ったメッセージに既読がついた。

見た……ぞ………！

か、返ってくるのか……⁉

スマホのディスプレイに一瞬反射した自分の目はギンギンで血走っていた。

けど、中々返ってこない。

待っている時間が徐々に怖くなって、俺はアプリを閉じた。

すると、着信音が鳴った。

置いていたスマホに飛びつくと、着信音は高宇治さんからの返信だった。

トークルームを開く前に『スタンプが送信されました』の表示がある。

「────！」

ガッツポーズが出た。

部屋で一人、本気のガッツポーズをしていた俺が、夜の窓ガラスに映っている。

「……」

恥ず。

いやぁ、やりましたね。マジで返信ないと思ってましたから。はい。返ってくるにしても、『学級委員の連絡用よ？』って冷や水をぶっかけられる可能性もありましたから。けど返ってきたのはスタンプ。これは気軽に返信をした──少なくともシリアスな雰囲気にするつもりはないという意思表示と思っていいんじゃないですかね。

俺は脳内で一人ヒーローインタビューごっこをしていた。

「高宇治さん、スタンプ使ったりするんだ」

意外だ。

そういうのは持ってないものだとばかり。

ラジオの話をしたときの反応だと、本来はもっと色々としゃべりたい人なのかもしれない。

言わば『学校高宇治』が高宇治さんの学校でのイメージ。あれが裏表ない彼女だとみんな思っているから、話しかけるのに遠慮してしまう。全然気安くないから。迎撃システム搭載しているから。性格は気難しそうって感じまである。

その周囲の遠慮がちなところを察して、高宇治さんも距離を取るような気の遣い方をしてしまうのかもしれない。

「はぁー。よかったよかった」

スタンプだけとはいえ、俺のメッセージに対して返信があった。

それだけで大満足だ。

自分がこんなに積極的になれるとは思ってもみなかった。

ステータスに【肝っ玉】が追加されたおかげだからだろうか。

『せっかく好きな人がわざわざラインを交換しようって言ってくれたのだ』

『連絡しないなんて選択肢はない』

なんて無意識に思ってしまうくらいだから、【臆病】から【引っ込み思案】、そして【肝っ玉】と度胸系のステータスが成長していった影響があったんだろう。

もし、何も変わらず【臆病】のままだったら、せっかく連絡先を交換しているのにビビって何もしない可能性が大いにあった。

「ステータスが目で確かめられるから、自分への自信にもなるよな」

可視化できることの影響も大きいと思う。

うむうむ、と俺は勝因を分析していた。

そうして成功の余韻に浸ること一〇分。

そういや、どんなスタンプ送ってきたんだろう。

ようやくそれが気になる程度には余裕ができた。

トークルームに入ると、そこには俺が送ったのと同じスタンプがあった。

「高宇治さんも持ってる！」

さすが『宇治茶』さん。ヘビーリスナー度は俺よりも高いかもしれん。

ただ、スタンプだけで何かメッセージが送られてくる様子はない。

会話はこれで終わり、という意思表示なんだろうか。

取り急ぎのスタンプ送信って感じなのかもしれない。

「じゃあ、明日学校でちょっと話せばいいか」

しばらくすると、送られてこないだろうと思ったメッセージが届いた。

『私エッチなことはしたことないのよ』

いきなり何⁉

どういう文脈のどういうアレだ⁇

城所先輩とはまだ何もないっていうアピールなんだろうか。

エッチなことはしたことない……。

何も言ってないのに、自分からそう言ってくると逆にエッチなのでは⁇　と思ってしまうのは俺だけだろうか。

高宇治さんがエロいかもしれない、という妄想をかき消すように俺は首を振った。

「下ネタが好きだから本人がエロいってわけじゃないだろ……素人かよ」

と、自戒の意味を込めて玄人ぶってみる。

下ネタが好きではあるけど『宇治茶』さんと高宇治さんは別人格。

だとしたら、どういう意味なんだろう。

それを訊こうとメッセージにしてみると、かなり直接的というか、文章の冷たさみたいなものが出てしまう気がする。

じゃあ電話……？

ステイステイ。

テレビとかのトークバラエティで、女性タレントが『がっつく余裕のない男はダメ』ってよく言っているのを見る。

反応があったからって尻尾をブンブン振って電話するなんて、がっついている以外の何物でもないだろ。それはよくない。

「明日何気ない感じでそれとなく訊いてみるか……？」

これが一番無難っぽい。

番組の放送があと二時間ほどではじまる。

今週もリアタイするべく、俺はいつでも寝られるように準備を整えることにした。

3　諍い

ふわぁ、と俺は何度目かわからないあくびをする。

「毎週だけど、灯、眠そうだね」

登校中、今日も自慢の金髪を風になびかせる春が俺の顔を見て言う。

「リアタイしてるガチ勢だからな」

「あとで聴けるんでしょ？　起きて聴く必要ある？」

「わかってねえな、このお嬢さんは」

生放送のあのライブ感だったり、それによるツイッターやＳＮＳの反応だったり、リアタイでないとできない楽しみがある。

「アプリで次の日聴くのは、ただの録音放送だろ」

「いーじゃん、録音で」

「好きだからこそリアタイしたいんだよ」

そういうもんなん？　とまだ春は不思議そうだった。

高宇治さんもリアタイしているんだろうなって思うと、それだけで深夜遅くまで起きている価値が十分ある気がしてくる。

「あ、そうそう。俺、バイトはじめたんだ」

ときどき夕食を作ってくれる春のお母さんには、春経由で伝えておいてもらおう。

「バイト？　なんで？」

「お金ほしいから」

「そりゃそうだけどさ。どうしてお金ほしいのか訊いてんの」

「私服、ダサいから。色々と買い替えようと思って」

「ああ、やっと自覚したんだ……」

「おい、リアルなトーンでダサいを遠回しに肯定してくんな」

嘘でもいいから、ダサくはないよって一旦言ってくれるの待ってたんだぞ。

「だって、何年前に買った服？　っていうの多いじゃん。最後に買ったの、いつ？」

「中三のこの時期だったような……？」

えぇぇ……、と春がゴミ屋敷を見るような非難がましい目をしている。

「じゃ、さ……。買いにいく？　どうせ灯一人じゃわかんないっしょ」

顔は前を向いたまま、春が俺をちらりと見る。

服屋の店員さんが信じられない俺からすると、その提案は渡りに船だった。面倒見の良さが出ている。

「ギャル男にさせられるー」

「やんないから、そんなの」

じゃれるように軽くボディタッチしてくる春。

ふざけ合っているときは、こういうのでいいんだよ。本気の攻撃はお呼びじゃないいんだよ。

「マジな話、助かるよ」

「どうせ灯、放課後空いてるだろうから今日いこうか」

「どうせってなんだ、どうせって」

学級委員の雑用があるんだぞ。終わったら何もないけど。

「けど、お金がないんだよ」

「ウィンドウショッピングって知ってる？」

「知ってるわ、そんくらい」

「どういうのが欲しいとかもわかんないなら、いくらお金がいるかもわかんないでしょ」

「……たしかに」

「そゆこと」

通学路に登校する生徒が徐々に増えはじめ、駅の方角からは数十人近くが列をなして歩いている。

その中に、高宇治さんを見つけた。

周囲には誰もおらず、一人淡々と歩いている。

「高宇治さんって、結構一人でいること多いよな」

「サーヤちゃんは、友達いないじゃん」

「え、マジ？」

教室の中では話しかけられているのをよく見かけるから、多いものだとばかり。

「宿題を写させてもらったり、ノート見せてもらったり、そういうのが多いっぽい。良く言えば頼りにされてんだろうけどさー。それで、なんかあったら友達面すんの。ああいうの、女子のイヤなとこだよね」

こんなに校則違反しまくりの風貌なのに、的を射た意見を言うから困る。

頼りにされると断れない、というのも、押しに弱いせいなんだろうか。

その友達面する輩が周囲にいるから、高宇治さんは素を出せないんじゃないのか。本当に友達なら、ファストフード店に寄りたいからってバカにしたりしないだろう。

「……灯、裏門から入ろ」

「どうして」

「マッチョンに見つかると、またうるさいから」

「それなら一人で……」

このペースで歩くと、ちょうど高宇治さんと昇降口で一緒になる。

「行こっ」

「あ。おい──」

春に手を引かれ、俺は正門に向かう道をどんどん迂回する形になり裏門のほうへ歩かされた。

「服、新しいの欲しいのって、サーヤちゃんのことがあるから？」

「………いや、違うケド」

「絶対そうじゃん」

困ったように春は笑い、すぐにからりとした笑みに変わった。

「ま、あたしが最強の服見つけたげるから、任しといて！」

俺の幼馴染はなんて頼もしいのか。

もしかすると、昨晩のラインも春ならわかるかもしれない。

「なあ、春。昨日の夜、高宇治さんからラインで『私エッチなことはしたことないのよ』

って来たんだけど――」

「え、何が何？　何、何？」

　そうか、情報量が多かったかもな。

「学級委員の業務連絡用に、ライン交換したんだよ」

「へ、へぇ。よかったじゃん」

「うん。それで、さっき言ったラインが送られてきたんだけど、どう思う？」

「いきなり……？　あたしもサーヤちゃんと仲良いってわけじゃないから……ううん……、灯がなんか変なこと言ったんでしょ」

　変なこと？　ラジオの放送が今夜だっていうひと言は、そんなに変なことなのか？

「灯もそうだけど、サーヤちゃん、あたしが見るに、コミュ障っぽさあるね」

「高宇治さんがコミュ障……？」

　社交性抜群の春は、俺にないセンサーでも搭載されてるのか。

　そんなふうに思ったこともなかった。

「会話のキャッチボール下手そうだから」

　思い当たる節があった。

　ハンバーガーショップで話したとき、俺の反応を気にせずどんどん話題を投げてきたことが思い出された。俺も似たようなことをしたけど。

「わーって考えた上で、サーヤちゃんの中では、これだって正解が出たんじゃないの。わかんないけど」

お淑やかというか、澄まし顔でいる高宇治さんからは想像もつかなかった。

高宇治さんがわーって考えることとかあるのか？

渡り廊下から校舎に入り、昇降口まで戻って上履きを履いて教室へ向かう。

マッチョンとのエンカウントを避けたい春は索敵に忙しく、廊下を歩いているときは常に警戒を怠らなかった。

教室までの間、春は何人もの男女に声をかけられていた。いずれも仲が良さそう。高宇治さんが声をかけられるときは、あんな感じじゃないもんな……。

教室に入ると、すでに高宇治さんは登校していて鞄の中や机の中をごそごそと漁っていた。

普段全然しないけど、朝、学校に来たら挨拶だろう……。

小学生でも知っていることだ。

ただの挨拶でいい……。

ラインでちょっとしたやりとりをしたし、この前あんなにしゃべった同士だ。

「たっ、高宇治さん……お、はよ」

俺に気づいた高宇治さんは、それどころじゃないらしく、「おはよ」と小さく返すだけだった。

無視されなくてよかったぁ。

安堵（あんど）のため息をついて、俺も席に着く。

春が言ったように、もし俺が変なことを言ってしまっていたのだとしたら、エッチなことしたことない発言はスルーしたほうがいいのかもしれない。

そのままの意味なら、とてもイイコトだし。

「何か探し物？」

「……ええ、ちょっと」

何か思い返すように、高宇治さんは小難しい表情をしていた。

「昨日の放送、俺、リアタイしてて――」

思わずスイッチがオンになってしまったと同時に、この前言われたことが耳の中で蘇（よみがえ）った。

「あ、ごめん。この話は禁止だったっけ」

「あ――えと、いいの」

「いいの？」

「えと。……学校でも二人きりなら」

学校で、二人きりなら……。

アオハルワードすぎる。殺傷能力高すぎんか。

「じゃ、じゃあ、二人のときに」

朝のこの三分ほどで十分な戦果を得てしまった。

もう帰ってもいいですか。

ほくほく顔を隠そうと机に突っ伏している間、通路を挟んだ隣の席からは、ガサゴソと物音が続いている。

ちらりと高宇治さんを見ると、困ったように眉尻を下げた顔をしている。

困り顔もキレ可愛(かわい)い。

……キモいな、俺。

以前ならただ眺めているだけだったけど、今は違う。挨拶をしたら返ってくる程度には面と向かってコミュニケーションが取れる。

「どうかした？」

俺が再び尋ねると、周囲を確認した高宇治さんは、手を口元に当ててひっそりとしゃべった。

「ネタ帳がないの」

「ネタ帳？」

「ええ……。『宇治茶』のネタ帳」

そんなのあるのか。

「失くしたのか、家に置き忘れているだけなのか、ちょっと思い出せなくて」

「中は……」

「君島くんが知っている一〇倍以上のネタが溜め込まれているわ」

てことは下ネタだな。確信した。

だから、ああでもないこうでもない、とテンパったドラえもんみたいに鞄の中を漁っているのか。

年頃のJKが、変な下ネタを書き連ねてあるノートの持ち主だなんてバレていいはずがない。

しかも、学校一の美少女と誰もが認める高宇治さん。

ネタ帳を発見されて持ち主を特定されれば、高宇治さんはエロい、と男子は思い込むだろう。

そうなれば今以上に男子どもがワラワラと集まってくるに違いない。

「ったく……ネタの種類として下ネタが好きなのであって、エロいことが好きってわけじゃないんだよなぁ、素人め」

架空のエロ目当て男子に玄人ぶって俺はつぶやく。

ただ、普通そんなことはわからないよな。

俺も高宇治さんが下ネタを送るハガキ職人の『宇治茶』だと知っているからそう思えるのであって……。

「その通りよ」

聞こえていたらしく、高宇治さんが同意した。

「私エッチなことしたことないもの」

だから、訊いてもないのにそれを言うと、意識しまくっていて逆にエッチだと思われかねないぞ、高宇治さん。

……ん？　この脈絡のなさは、昨日のラインのやりとりと同じだ。

下ネタを考えているからエッチなのでは？　と俺が思っていると感じたからこその発言だったんじゃ。

「高宇治さん、俺を他の男子と一緒にしないでほしい」

毅然とした態度で俺は言い放つ。

「えっ？」

思わぬ発言だったのか、目をきょとんとさせている。

「それは、どういう……？」

白くて細い喉が小さく動くのがわかった。

緊張した面持ちの高宇治さん。

「あ、あの、もしそういうアレなら、場所を選んでほしいのだけれど――、ここは教室で」

「ヘビーリスナーの君島灯をナメないでいただきたい。俺はエロと下ネタ好きを混同させるような素人じゃないってこと」

あくまでも『宇治茶』さんの芸風なのであって、高宇治さん個人の嗜好ってわけじゃない。

「……あ、そういう意味」

ちょっとだけ赤くなっている頬を隠すように、高宇治さんは両手でほっぺを押さえた。

「は、早とちりしそうになったわ……」

そんなことより、今は高宇治さんのネタ帳を無事に回収することが先決だ。

「家に置き忘れてない？」

「いつも鞄の中にしまっているはずなの」

けど、それが今は見当たらない、と。

落としたのか、置き忘れたのか。持ってきてないだけなのか。家にあるならそれでいいけど、学校内だとマズい。

「スマホにメモってるんじゃないんだ？」

「デジタルよりアナログのほうが思い浮かぶことが多いの」

試したことがあるらしいけど、ノートに書くほうが捗ったという。

ネタ帳がないことに登校してから気づいたらしい。最後に使ったのは昨日の授業中。

それなら学校の中だろう。

そのとき、けらけらと笑う男子二人の声が教室の後ろから聞こえてきた。

「『パイを三乗してもサクサク』とか書いてある」

聞こえていた高宇治さんがバッと振り返った。

「ああ、昨日見つけたノート？」

「なんだろうな、この落書き。イミフだしつまんねぇ」

高宇治さんが小さく息を呑み、白魚のような指が、ぎゅっとスカートを握った。

「まだ他にも似たようなのがめちゃくちゃ書いてあるぞ、これ」

「見せて見せて――」

二人組の男子がキャッキャと笑っているのが気になったのか、周囲の数人も集まってノートを覗きはじめた。

いずれもクスクス、と笑っていた。

あの笑い方は、ネタを笑っているんじゃなく、書いている人を嘲笑(あざわら)っているのだとわかる。

俺が立ち上がると、思いのほか勢いがついていたらしく、ガタン、と大きな音がした。

席の周りにいた人は、驚いたような顔をしていたけど、例の集団はこっちに気づきもしない。

そっちへズカズカと歩み寄っていき、輪に割って入った。

「それ、俺のノート。返してもらっていい？」

努めて冷静な口調を装ったけど内心は苛立(いらだ)っていた。

「あ、おう……」

と、半数は怪訝(けげん)そうにして、もう半数は忍び笑いをこぼしていた。

「これ君島のなの？」

「何書いてんだよー。マジでつまんねえって」

語尾にwがつくようなケラケラとした笑い方で、ノートを閉じてこちらに渡してくれた。

たぶん以前の俺なら、仲良くもない男子数人にこんなふうに言われたら、胸の裡では不満に思っていても、ヘラヘラ笑って逃げるように去ったと思う。

けど今は違った。

高宇治さんのあの指を思い出すと、何も言わずにヘラヘラしているなんてできなかった。

「人のノート見て笑うなよ」

感情を抑えた声はひどく冷たかった。

「誰が何書いててもいいだろ」

呆気にとられて、それぞれで顔を見合わせる男子たち。

「あと……つまんなくねぇよ」

クラスの全員が、俺を見ているのがわかる。

緊張が教室に張り詰め、そのまま席に戻りづらくなり、俺は教室を出ていった。

「あ、君島くーん！　出席これから取るよ」

廊下に出ると後ろから担任の先生に声をかけられた。

「すみません、ちょっとトイレに」

我慢できないー？　と問いかけられたけど、俺は軽く会釈するだけで答えることはせずに廊下を進んでいった。

トイレなんてただの方便だ。

あてもなく歩いて、中庭のベンチが見えたのでそこに腰を落ち着けた。

「………教室戻るの気まず」

けど、後悔はない。授業がはじまるまでここにいよう。

そう思っていると、春がこっちにやってきた。

「出席取るって先生が言ってたぞ」

「めっちゃデカいブーメラン投げるじゃん。あたしは皆勤賞なんて狙ってないし、いいもんねー」

そう言って春が隣に座った。

「どしたの。珍しく怒って」

「怒ったわけじゃ……」

って、そう思われても仕方ないか。

「これ、知り合いが落としたノートで、それを見てバカにするから。あいつらが」

「ふうん」

唇を尖（とが）らせて春が相槌（あいづち）を打つ。

「バカリのくせにぃー」

大型犬を撫でるように春が俺の頭を雑にわしわしとしてきた。

「あ、おい、コラ、やめろ」

「自分の物じゃないんだろうなって、なんとなくわかってたよ。灯って、自分のことじゃ怒んないし」

知ったふうな口を……。

まあ、一番知っているのは春だから、知ったふうな口を利いても別にいいのか。

「あたしからなんとなーく言っておくから。バカリも反省してたって」

「反省はしてないけどな」

「方便だって。そういうのが、世渡りっていうか柔軟な対応ってやつでしょ。気まずさがなくなるんなら、それで良きでは？」

「良きです」

「まあ任せたまえ」

こいつ、自分は関係ないのにいいヤツだな。

「春は、なんで彼氏いないんだろうな」

「はぁ？　何、いきなり。死にたいの？」

目が細くなり、俺を鋭く睨んできた。

よく春のことを知らなかったら、ギャル怖いってなるところだが、小さい頃からの付き合いなので俺はひるまない。

「だって。見た目めっちゃ派手だけど、よく見たら可愛いだろ」

「は、はぁぁぁ～？　い、いきなりなんなの……っ。て、てかよく見なくても可愛いし」

照れたのか、誤魔化すように頬を押さえて前を向いた。

「好きなやつは春みたいなタイプ好きだろうし」

性格は俺のお墨付き。この通りいいヤツだ。正論ばっか言うけど。

「スタイルもいいし」

「え、何何何ー？　幼馴染のことめっちゃ口説くじゃん」

嬉しそうに春が俺の肩を突いてくる。

「うるせえな。口説いてねえよ」

「いやいや、いやいやいや。………あ、灯って、あたしのことオンナとして見てたわけ？　おっぱい触ってくるしさ。パンツも見るし」

「それらの事例はすべて事故だろ」

わざとが交じってるけど触ったんじゃなくて、ぶつかった。見たんじゃなくて、見えた、

だ。

「オンナとしては見るだろ。ギャルど真ん中だけど、顔は整っているしスタイルいいし、面倒見よくて優しいし、身近にそんな子がいるんだから、そりゃあ……」

かぁぁぁぁ、と春の顔がどんどん赤くなっていった。

おっぱいもデカくて制服の着こなしもエロいって加えかけたところに、どん、と肩を突き飛ばされた。

「サーヤちゃんのことが好きなくせにっ。あたしまで粉をかけようなんて、一億年早いんだけどっ！」

俺が何かを言う前に、春はベンチを立って校舎のほうへ歩いていった。

「バカリの二股浮気野郎！」

べっと舌を出して去っていく。

二股って……。付き合ったあとの段階だろ、それは。

一股も完成してないっていうのに。

春の姿が見えなくなったあたりでスマホがメッセージを受信した。

高宇治さんからだった。

『ミッツンが「自分はわかっているって思っているファンがいっちばんダサいねんなぁ

……」って先週番組で言ってたの知ってる？』

知ってる。聴いていてドキってしたのを覚えている。

なんて返信しようか考えていると、またメッセージが届いた。

『受け渡しは放課後にお願い』

了解、と俺はすぐに返信した。

校舎がざわざわしはじめると、各クラスのホームルームが終わったのだとわかった。

ちょっと気まずさがあるけど、このままサボっているわけにもいかない。

不安だったけど、春を信じて教室へと戻っていった。

隣に座る高宇治さんは、いつも通りの様子だった。

「……ありがとう」

ぽつりとお礼が聞こえた。

「ひとり言だけれど……、ネタって文字に起こしたら大して面白くないのよ。パーソナリティが上手（うま）くツッコんだり広げたりしてくれるから面白いのであって……。ムキにならなくても、私はそれをわかっていたつもりで……」

でも、生の声ではっきりとつまらないと言われたら、そうだと理解していても、ショックには違いないだろう。

「ともかく、ありがとう」

ひとり言っぽいので聞き流すことにした。

隣を見ると、高宇治さんは小さく微笑(ほほえ)んでいた。

教室を移動する連絡がホームルームであったらしく、みんなが一限に間に合うように、ぞろぞろと教室を出ていく。

そのとき、さっきの男子たちから軽く声をかけられた。

「あんな怒るとは思わなくて。ごめんな」

「バカにするつもりはなかったんだ」

と、数人が言うので、俺も謝った。

「俺も変な感じになってごめん」

苦笑し合って集団から離れると、春がニマニマしながら近づいてきた。

「謝れるようになって、灯も大人になったじゃんー」

じゃれるように華奢(きゃしゃ)な肩をぶつけてくる。

「うるせえ」

春がたぶん何か言ってくれたんだろう。

「……ありがとな」

「フフフ。いいってことよー」

そう言うと、仲の良い女子に呼ばれた春は、そちらへ向かっていった。


放課後。昼頃から降りはじめた雨はやむことがなく、教室の窓ガラスにぶつかっては下に流れていく。天気予報だと気温よりも体感はずっと寒くなると言っていた。

今教室には、俺と高宇治さんだけしかいない。高宇治さんは学級日誌を書いて、俺は戸締りの確認をしている。

春は最後の授業が終わると同時に、友達数人の輪に交ざって帰っていった。付き合う友達の数が多い春は、むしろ今日みたいなパターンが大多数だったりする。

買い物に行く話はまた今度ってことになった。

「今日、城所先輩は来ないの？」

「今日は委員の仕事があるから、別々に帰るの」

ということは、今日は一人なのか。

そうなのか、と言いながら、俺はロッカーから体育用のジャージを取り出す。

「寒くない？　ひざ掛けか何かにして。――あ、これまだ洗濯してから着てないやつ」

「ありがとう」

きょとんとしたまま、高宇治さんは俺のジャージを受け取る。

「よくわかったわね」

ステータスに【寒がり】ってあったし、スカートの女子ならなおさらそうかも、と思ったのだ。

「肌寒いって予報で言ってたから」

ああ、と高宇治さんは納得してくれた。

「じゃあ、お言葉に甘えて」

そう言って俺のジャージをひざ掛けにした。あれで温かくなるかはわからないけど、ないよりマシだろう。高宇治さんの膝の上に俺のジャージがあるって、なんか不思議な気分だな。

誰か来ないとも限らないので、今のうちにさっさとノートを返しておこう。

「中は見てないから」

机の中から一冊のノートを取り出して渡す。使い込んでいることがよくわかる、くたくたのノートだった。

いつもは放課後までに書き終えているけど、今日は残るって決めていたからか、今書いている。

「あのとき、放っておいてくれても良かったのよ」

あのときっていうのは、たぶんノートのことを笑われたときのことだろう。

「こんな古いノート、使おうなんて物好きはいないでしょうし。どこかに放置されるだろうから、そのときにこっそり回収すればいいって思っていて」

その選択肢もなくはなかった。

持ち主不明のノートを笑い物にする男子たちは、すぐに飽きてどこかに放置するだろう。嵐が過ぎ去ったのを確認して、大切なものを拾いにいけばいい。

けど、悔しそうな悲しそうな、そんな表情を見せられれば、嵐が過ぎ去るのを待ってはいられなかった。

「『宇治茶』さんのネタ帳でしょ。俺も一リスナーとしてバカにされたのが悔しくて。いてもたってもいられなくて」

それもある。

けど、たぶん一番の理由は、好きな人の大切にしている物や考えたことを嘲笑(あざわら)われたからだと思う。

「番組の中で聴いたらあいつらも笑うと思うんだけどな」

「ううん。そうじゃなくて……。君島くんが泥を被る必要はなかったのに……その」

見ると、学級日誌を書いていたペンが止まり、言葉を探すようにペン先が宙を掻いた。

「感謝は当然しているのだけれど……それ以上に、迷惑をかけてしまったことが申し訳なくて」

「そんなの気にしないでいいよ。ラジオ仲間でしょ」

高宇治さんの視線がこっちに送られた。

「……友達ってこと？」

「え？　うん。少なくとも困ったことがあるときだけ都合よく高宇治さんを頼ったり、味覚をバカにしたりしないよ」

高宇治さんがそいつらのことをどう思っているかわからない。けど俺が知っている友達ってそうじゃない気がする。高宇治さんが、唇をぎゅっと嚙みしめているのがわかった。

「余所行きの高宇治さんじゃなくても、俺は変に思ったりしないから」

反応がないのでちらっと様子を窺うと、眉をハの字にしてじぃいんとしていた。

「ああ、それに。あんなに長時間同じ話ができる相手なんてそういないし、友達って括りが一番しっくりくるんじゃない？」

うんうん、と高宇治さんは何度もうなずいた。

「友達なのね。私と君島くんは」

こんなふうに、普段から澄まし顔をせずに素の表情を続けていたら、もっと友達は増えているだろうに。

もったいなくもあるけど、高宇治さんの俺に対する壁が徐々に低くなっている証拠なのかもしれない。

春に話しかけ方を教わる程度にはコミュニケーションが取れなかったのに、我ながらずいぶん成長したもんだ。

言葉を選びながら高宇治さんは言った。

「モテるでしょ、君島くん」

「えぇぇ……どこが」

「だって優しいもの」

小さく笑いながら高宇治さんはちらっとこっちを盗み見る。

優しいだけでモテたら苦労はしないはず（遠い目）。

けど、そう思ってくれるってことは、俺の評価はそれなりにいいってこと……か？

「どうだろう……」

全然モテないから苦笑いしか出てこない。

「さりげなくジャージを貸してくれるし、私の我がままにも付き合ってくれるし」

「我がままって、ハンバーガーショップに行くってやつ？」

「そう」

「まだあれから一回も行ってないでしょ。そもそも俺が誘ったんだし。我がままなんて思ってないよ」

「ほ、他にもあるわ。夜の遅い時間に連絡しても、返してくれる」

「もう体がリアタイ仕様になっているから、深夜なんて遅くもなんともないよ」

「それならいいのだけれど」

「その時間帯が眠くないのって、高宇治さんもじゃない？」

「ええ、私も」

放課後の教室で二人きり。高宇治さんと他愛（たあい）もない会話をしているのが不思議でたまらない。

「あの話ができる人が他にいないから、ついしゃべりすぎちゃって」

俺は何度目かわからない言いわけじみた発言をする。

「私もそうだから気にしてないわよ」

「意外すぎるよ。男しか聴いてないだろって番組内でもよく言っているし。美少女ＪＫがあの番組のリスナーだなんて」

「びっ……美少女では、ないわよ」

ぼそりと小さな声で高宇治さんは否定した。

頬がほんのり赤いのは、たぶん気のせいじゃないと思う。

「瀬川さんのほうが、全然、上よ」

「高宇治さんから見ても春ってそうなのか」

イェーイと脳内でギャルピースしている春が思い浮かんだ。これ聞いたら喜んでただろうな。

「美少女具合は、高宇治さんの圧勝だと思うよ」

「っ、ど、どこがっ」

ぷいぷい、と擬音が出そうなほど高速で首を振る高宇治さん。

謙遜じゃなくて、本気で自覚がないとすれば、それはそれで危険な気もする……。城所先輩みたいな変な男に寄り付かれているっていうのが現状だし。

「本田が『エエ女はこの時間寝てんねん。リスナーは陰キャ童貞ばっかりなんやから』って。だから、ダメダメ女子よ、私は」

俺もボケの本田がふざけて言ったその発言を覚えている。

自虐的なことを言って、小さく笑う高宇治さん。

「そのあと、ミッツンが『色んな意味で濃ぃぃファンついてるわ』って言ったその言い方が面白かったよね」

「そう、それ！」

そう思っていたらしい高宇治さんが激しく同意してくれた。

前もそうだったけど、今日もずっとこんな感じ。

「あ」といえば「うん」、「つー」といえば「かー」な状態だった。

ようやく話が途切れると、改まったように高宇治さんが尋ねた。

「瀬川さんとは、付き合っているわけじゃないのよね？」

「俺と春が？　ないない。よく勘違いされるけど、小学校からずっとあんな感じだから」

「そう」

高宇治さんにしては珍しく、踏み込んだ質問だった気がする。

ふと、窓の外から手を振っている女子がいた。

俺のファン……いや、そんなやついないか。

「あ、あれ、小さい先輩」

気づいた高宇治さんが言った。

「小さい先輩？」

　一人、ピンとくる人がいる。

「放送部の西方先輩。……知り合い？」

　思っていた人だった。本当にこの学校にいたんだ。

　放送部だったのか。だから声フェチ？　だったのかもしれない。

　放送部の活動は全然耳にしないけど、言われてみれば去年部活紹介で名前が出たような気がしなくもない。

　まだ手を振っている芙海さんに、俺も簡単に手を振り返す。

「仲良いの？」

「芙海さんはバイトの先輩なんだ。この前はじめたばっかで、そこで一緒になったんだ」

　芙海さんが窓を開けた。

「後輩クーン！」

　とくに用があったわけじゃないらしい。芙海さんはぴょんぴょんと飛び跳ねている。子供みたいで可愛い。

「はいはーい」

　と、俺は適当に返事をする。

「仲良いのね。芙海さんだなんて、下の名前で呼んで」

席を見ると、高宇治さんはフイ、と顔を背けた。

「仲良いっていうか、従順な僕として認識されているっていうか」

それを仲が良いっていうならそうなんだろう。

高宇治さんは、ぱたり、と学級日誌を閉じる。

「本当は、先輩は待っているって言ってくれていたけれど、帰ってもらったの」

「あぁ、ノートの受け渡しがあるから？」

てことは、高宇治さんは城所先輩には趣味の話をしていないのか。

「……違うわ」

違ったらしい。

「違うわ」

二回も否定しなくても。

高宇治さんは不満げに唇を尖(とが)らせている。なんか拗ねてる？　あまり見ない表情と普段とのギャップが相まって余計に可愛く見える。

高宇治さんは鞄(かばん)を持って席を立った。

「それじゃ、戸締りお願いね」

「あ、うん」

つまらなそうな横顔を残して、教室から出ていった。

俺、なんか地雷踏んだ……？

やらかした自覚はないけど、何をやらかしているのかもわからない。とりあえず謝ろうと思ったけど、春との経験上、ただ謝るだけだったり的外れなことで謝ると余計に機嫌を損ねる可能性がある。

わからない以上は、踏み込まないほうが無難。

不機嫌な顔も可愛い、と思う。でも、それ以上に落ち度がないか心配だし、どうして機嫌が悪いのか知りたい。

「高宇治さん！」

俺は昇降口へと向かう背中を追いかけた。放課後の吹奏楽部の演奏がうっすらと聞こえる校舎内。

俺の声が聞こえないはずがないだろうけど、高宇治さんは止まろうとしなかった。

「待って。俺、何かした？」

下足箱で追いついて、思ったことをそのまま投げかけた。

「何もしてないわよ」

「じゃあ、どうして――」

言葉を続けようとしたとき、ドン、と後ろから誰かにぶつかられた。その人は目の前の高宇治さんの隣へ行く。

この髪型、制服の着崩し、後ろ姿は――。

「沙彩ちゃん、遅かったね。もう用事は終わった？」

ちらっと敵意ある一瞥を俺にくれると、城所先輩は気軽に話しかけた。

「はい。……先に帰っていいと言ったのですが」

「まあまあ、オレも付き合いとかあるし。前言ったじゃん。トランプでポーカーするのが三年男子の、つってても一部だけど、流行ってて――。話は歩きながらでいいでしょ」

そうですね、と高宇治さん。会釈だけ俺にして、昇降口を出ていった。

……ぶつかったの、わざとだよな。

俺と高宇治さんしかいなかったし、避けて通れるスペースだらけだ。

「おまえだろ。沙彩ちゃんに最近ちょっかいかけてんの」

険しい顔つきの城所先輩は、俺の肩を小突いた。

前なら険悪な空気に耐えかねて『そんなこと俺してないっすよ～』ってヘラヘラしながら誤魔化して逃げていたと思う。

なるほど、【事なかれ主義】がステータスにあるのも納得だ。

わかりやすく悪意をぶつけられて、しかもそいつが悪名高い城所先輩であれば、俺だって言うべきことがある。

「ちょっかい？　趣味が同じ友達がしゃべってるのは、そんなに変なことですか」

「あの子はオレの彼女なんだよ。ウロチョロしてんじゃねえぞ、おい」

「恋人の交友関係にまで口出すタイプの彼氏ってどうなんですかね」

「おまえな――！」

眉間に皺作ろうとも、男の俺でもこの人カッコいいなって思ってしまう。

はたから見れば、高宇治さんとは本当にいいカップルだ。

この人が誠実で変な噂がないなら、俺は辛いながらも失恋を認めて高宇治さんのことを諦めていたかもしれない。略奪しようなんて、微塵も考えなかっただろう。

胸倉を掴まれても、【肝っ玉】のおかげか全然慌ててない。ビビりもしない。すごく冷静でいられる。

「雑魚が集ってんじゃねえよ」

荒らげた声は昇降口によく響いた。

「な、何してるの」

城所先輩が出てこないのを不思議に思ったらしく、高宇治さんが戻ってきた。

「沙彩ちゃんに付きまとおうとしてたから、ちょっと説教を」

そのとき、特別教室棟側から芙海さんがこっちに歩いてくるのが肩越しに見えた。

「あー。城所くん、私の後輩クンに何かご用ですか？」

ニコニコしているけど、妙な殺気を感じる。

「げ、西方さん⁉」

舌打ちと同時に、城所先輩は突き飛ばすようにして俺を放した。

「何でもないよ。ちょっと話をしてただけだし」

「そうですか～？」

不審そうに目を細める芙海さんから逃げるようにして、城所先輩は自分の下足箱からスニーカーを摑んで、高宇治さんの手を引いて学校をあとにした。

「彼女ラブなのも困ったものですね」

と芙海さんはのん気な口調で言う。

「ありがとうございます。俺も引くに引けなくて……」

「男の子ですね、後輩クンも」

ふふふ、と癒し系の笑顔を覗かせる芙海さん。

城所先輩は、芙海さんを見かけただけで戦意を失くしていたけど、どんな学校生活送ってるんだ？

そんな芙海さんの風貌は、どう考えても小学生がうちの制服のコスプレをしているようにしか見えない。

「どうですか、私の制服姿」

長い袖を折ったり、全体的にゆるっとして見えるので、ファッションとして可愛らしさもあった。

くるり、とその場で回ってみせる芙海さん。

「刺さる人には刺さるんだろうな、と」

性癖的な意味で。

「後輩クンにも、刺さってしまいましたか」

否定すると何をされるかわからないので、遠回しに刺さっていないことは伝えよう。

「ええっと……人形みたいな可愛らしさがあって、いいと思いマス」

「素直っ！」

どふっ、と下腹にパンチされた。結局こうなるのかよ。この人、これで俺が喜ぶとでも思ってるのか。

心の準備をしていたおかげで、大して痛くないから良かったものの。

「学校でも俺に対してはこんな感じなんですね……」

くすぐったそうに芙海さんは肩を揺らす。

「もぅ。こういうのは、後輩クンにだけなんですからね？」

嬉しくねぇな！

◆高宇治沙彩

いつものように沙彩は城所に最寄り駅まで送られていた。

嫌われた。絶対に嫌われた。

灯と友達として楽しくしゃべっていただけだったのに、それに目くじらを立てた城所がケンカを売ってしまった。教室を出るときの自分の態度もよくなかった。

あんなに優しくしてくれる友達なのに。

わからないように沙彩はため息をつく。

「……先に帰ってくれてもよかったんですよ？」

つま先を見ながら、伝えたことをもう一度言った。いつの間にか雨はやみ、持ってきて

いた傘は役どころを失っていた。

「学級委員の仕事って言っても、三〇分もかからないだろうと思って」

これはこれで、彼なりの優しさだと思うと、沙彩は少し複雑だった。

「それとも、先に帰ってほしかった理由でもあった？」

「そんなことは……」

ない――とははっきりと言えなかった。

二人きりの教室で、どうしてあんな態度を取ってしまったのだろう、と思い出すだけで後悔してしまう。

灯には灯の交友関係があって、その中には自分よりも親しい人や付き合いの長い人がいる。

それが当然なのに。

「さっきのヤツ、沙彩ちゃんと接点増やすために学級委員になったんだぜ、絶対」

鼻で笑うように城所が言う。

「あの手この手でどうにかして接近したかったんだろうな。いやぁ、いるよなそういう姑（こ）息（そく）なやつ」

沙彩も困っていただろう、と思っていた城所が同意を引き出そうとすると、

「違います！」

沙彩は思いのほか強く否定した。

「君島くんは、私がどうとか関係なく、誰も決まっていない状態で立候補して、女子の学級委員に私ではない女子を指名していましたから」

城所が言ったように、姑息なのは自分ではないのか、と思ってしまう。

「先輩があんなことをしたせいで、私は明日からどんな顔をして会えばいいんですか……」

「沙彩ちゃんが気にしなくてもいいでしょ」

そうではない。

ネタ帳用のノートを回収してくれたお礼を何かしたかった。考えている間に放課後になってしまい、その話を切り出すタイミングを窺（うかが）っていたはずが、またラジオ話に没頭してしまった。

自分だけが灯と仲が良いのではなく、色んな人が灯と仲が良いのに、そんなことも忘れて他に親しい人間がいるとわかり、子供みたいにやきもちを焼いて——。

「〜〜っ」

恥ずかしい。

自分らしくない言動で、何をしているんだろう、とまたため息がこぼれる。

嫌われた。きっと嫌われた。彼氏もケンカを売ってしまうし。

せっかく友達になれたのに。

「沙彩ちゃんがアイツのことを悪く思ってないってことはわかったよ。ちょっとオレも過敏すぎたかもしれない。それは謝りたいかな」

声色も変えず、城所は反省の弁をつらつらと述べる。

なんとなくだが、沙彩はこの先輩がモテる理由がわかる気がした。

心にもないことをあっさりと言える人なのだろう。もし思ってもいない愛を囁（ささや）かれたら大半の女子は一層夢中になることだろう。

「君島くんは……友達なので」

本人の口から改めて言われると、嬉しかった。

「そっか。それならいいんだ。さっきの件は、早とちりしたオレが暴走したってことで君島くんに謝っておいて」

謝る機会をもらえるだろうか、と不安になるが、沙彩はうなずいた。

「はい。じゃあ、今日はここで」

駅舎が見えたあたりで、沙彩は別れを口にした。

「いいよ。もうそこだし。送る」

さりげなく手を握って歩こうとした城所から、沙彩はさっと手を引いた。

想定外だったらしく、城所は瞬(まばた)きを繰り返している。

「……今日はここで結構ですから」

ここでの別れを再度口にすると、やり場に困った手をポケットに入れて城所は苦笑した。

「真面目だね、沙彩ちゃん」

「ごめんなさい」

「いや、いいんだ。気分じゃなかったかな。ハハ……」

それじゃ、と城所は別の方角へ歩きだした。

彼とああやって公然の仲になったおかげで助かっている部分がある。

たくさんやってくる男子は見事に激減しているし、その男子が好きな女子に目の敵にされることもなく、煩わしさを覚えることもなくなった。

感謝してはいるが、今日の灯との件を目の当たりにして、勝手ながらすごくマイナスイメージになった。

喧嘩(けんか)腰であんなことをする必要がどこにあったのだろう、と。

「君島くんに完全に嫌われたわ……せっかくできた友達なのに……」

駅までの短い道をとぼとぼと肩を落として歩く沙彩。

途中にあるカラオケ店から、派手なギャルが一人出てきた。

「瀬川さん」

ぽつりと言うと、聞こえていたらしく、春が顔を上げた。

「あー。サーヤちゃんじゃん。今帰り？」

「ええ」

自分とは対照的で、春は誰とでも仲が良い。

おそらくはじめてしゃべるであろう相手でも、気後れすることなく、堂々と話しかけているのを見かける。会話は滞りないし、気まずい間はひとつもなかった。

会釈をして通りすぎようとしたとき、声をかけられた。

「サーヤちゃん、元気なさげじゃん。大丈夫？　顔色悪いけど」

見た目、ちょっとだけ怖そうなのに優しい。整っているのにどこか愛嬌のある顔立ちは、心配そうに沙彩を窺っている。

「……あの、ちょっとだけ時間あるかしら？」

「えー。初なんだけどっ。サーヤちゃんからお誘い！　アガる〜」

「え、あ、いや、そういう大したものじゃなくて……」

「何、どうかした？」

城所がケンカを売った話は、少し重いので違う話にした。

「君島くんって、女の子をよく褒めるのかしら」

「灯が？　あたしも可愛いって面と向かって言われたことあるから――」

灰色のガスのような何かが、もやっと胸の中で発生した。

「そうなのね。君島くん、私にも美少女だと二度、言ったから」

『二度』に春は引っかかったらしく、目が細くなった。

「……。誰にでも言ってるわけじゃないと思うよ。灯のことをヘタレだと思ってたんだよね。でも最近なんかわかんないけど、行動力があるっていうか、思ったことを言うようになったというか」

思い返しながら、不思議そうに春は言った。それには沙彩も同感だった。去年からクラスは同じだが、学級委員に立候補するようなタイプではなかったし、売られたケンカを正面から堂々と買おうとする気概があるようには思えなかった。

「ああ、そうそう。男らしくなったってカンジ」

上手い表現をようやく見つけたかのように春が言うと、沙彩も腑に落ちた。最近何があったのかわからないが、たしかにそうかもしれない。

「君島くんと幼馴染なのよね？」

「そだよ。何もないときは一緒に学校行くし一緒に帰るし、ときどきウチに晩ご飯食べにくるし」

また正体不明のガスが胸の中で発生した。

「へえ、そう。…………好きなの？」

「はぁぁ？　い、いやいやいや、サーヤちゃん小学生じゃないんだから……」

これだから困る、と言いたげに、少し顔を赤くした春は続けた。

「一緒にいるのと好きは違うっていうか。て、てか、灯みたいなフツメン、相手にしないし——！　ない、ないない。全然無理だし。万が一、万が一告ってきても即拒否だから！」

慌てて言葉を連射する春の発言を聞いて、沙彩の中にある変なガスが吹き飛んだ。

「君島くんも、ただの幼馴染って言っていたから、やっぱりそうなのね」

「ああ、そ……。すげえ明るく言うじゃん。…………サーヤちゃんが友達いない理由が、なんかわかった」

「え？」

「なんでもない」

ちょうどいい相談相手を見つけた、と沙彩は切り出した。

「君島くんにお礼をしたいのだけれど、何をしたらいいか悩んでいて」

「灯にお礼？　うーん。ライン交換したんでしょ？　それなら、メッセや電話してあげればめちゃくちゃ喜ぶと思うよ」

「それだけ？」

「そう。それだけ。灯ってば、チョロいから。あとラジオの話でもしてあげれば満点」

どうして電話やメッセージがお礼になるのかはわからなかったが、それなら今夜にでもできる。

「ありがとう、瀬川さん」

「どういたしまして」

足取りが軽くなった沙彩は、駅のほうへ歩いていった。

「……」

その背中を眺めていた春は小さくため息をつく。

「灯、よかったじゃん」

言葉とは裏腹に、なんだかムシャクシャしてきた。

面倒だったから抜けてきたカラオケだったが、春は踵を返してまた店に入り、戻って歌うことにした。

◆君島灯

城所先輩にケンカを売られてから、俺はシフトが入っていたのでコンビニでバイトをしていた。

嫌われた。

高宇治さんに、たぶん嫌われた。

対抗心があったとはいえ、正面切って城所先輩と対峙(たいじ)してしまうなんて。

あっちは学校一のモテ男で彼氏。

片やたまたま委員が一緒になっただけの顔面偏差値平均以下のラジオオタク……。

噂(うわさ)がどうであれ、まだ手を出してないのであれば、高宇治さんからすると城所先輩はイケメンの普通の彼氏に過ぎない。

昇降口のあれは、俺の暴走だったかもな……。

感じたことを面と向かって言っちまった。

あぁー……。なんであんなことに。

「芙海さん、あの人って、ああいうケンカっ早い人なんです？」

お客さんのいないコンビニで、商品を陳列しながら芙海さんに尋ねる。

「城所くんですか？　ケンカの噂は全然聞かないですよ。後輩クンとのあれを目撃して、驚いたくらいですから。軟派なイメージがあったし、腕っぷしも大して強くないでしょうから」

独自の計測器でも持っているのか、城所先輩は強くないと芙海さんは言う。

どうしてああなったのか、俺は出勤するまでの道中一緒だったので、目撃してしまった芙海さんに経緯を説明していた。

「カノジョさんと仲が良さげな男子を快く思わないのはわかりますけどねー」

あの人はちょっかいと表現したけど、まだそんな域には達していないと思う。

取られたくないからこそ、過敏になってしまっているんだろうか。

「もし次何か言ってきたら、ガツンとやっちゃえばいいんです」

べしべし、と芙海さんは拳を手の平に叩(たた)きつけている。

風貌と言動がここまで違う人も珍しいな。

「大ごとにしたくないんで、そんなのやらないですよ」

「私が見たところ、後輩クンのほうが強いはずです」

「男子を『強さ』で比較するＪＫ普通いないんですよ」

ツッコまざるを得なかった。

カッコいいとか、優しいとか、爽やかとか、ＪＫなら見るのはそこだろう。中一男子みたいな価値観してんな。

おにぎりやサンドイッチを陳列していると、くうん、くうん、と子犬の鳴き声みたいな音が聞こえてくる。

「お腹空きましたね……」

芙海さんがしょんぼりしてお腹を押さえている。犯人あんたか。

暇なタイミングで五分ほど休憩していいと言われているので、俺は小腹を満たせる程度のおやつを持ってきていた。

「芙海さん、俺の鞄に小分けになってるドーナツがあります」

「ドーナツ！」

キラキラキラキラ！　と目が眩しいくらいに輝いている。

「五個ほどあるので、よかったらいくつか食べてください」

芙海さんにはお世話になっているので、数個分ける程度全然よかった。

「後輩クンは、こうやって女子の好感度を上げているんですね⁉」

「そんなつもりないですって」

食べ物あげて好感度上がるのって動物だけだろ。

「では、少々失礼します」

そう言い残して芙海さんはバックヤードへ消えた。

しばらくお客さんも来そうにないし――って思っていたら一人やってきた。うちのクラスの女子だ。

髪の毛をポニーテールにして、通学用のバッグと黒いカバーにしまわれたラケットを肩にかけている。部活終わりって感じ。そうか、もうそんな時間か。そりゃ芙海さんの腹も減るわけだ。

その子と目が合う。あ、って感じの反応をした。学級委員をやっているおかげか俺をクラスの男子だと覚えてくれていたらしい。

話をするような仲でもないので、声はかけなかった。次からこのコンビニに来づらくなるかもしれないし。

その子は、飲み物だけの会計を済ませると、店の外で買った物を飲みはじめた。

俺がまだ残っている陳列作業に戻ろうとすると、外にいる女子が、柄の悪そうな二〇歳前後ほどの男に話しかけられているのが見える。

男は、柄物のシャツに薄いサングラスをかけている。

会話は聞こえないけど、旧知の仲のような雰囲気はない。

女子の横顔が恐怖で引きつっていた。……ように見えた。

店の外掃除もあるし、ちょっと様子を窺ってこよう。

「オレもテニスやってたんだよ〜、ラケット見せてよ」

「いや、でもこれはちょっと……」

掃き掃除をしながら会話に耳を澄ます。テニスの話をしていたかと思ったら、どんどん遊びに誘うようになっていった。

「わたし、門限があるので……」

「ぜってー楽しいから、な？」

「でも………」

嫌がってるし、知り合いでもないな。芙海さんは、まだバックヤードか。肝心なときにいないな、あのちびっ子パイセン。

「あの」

俺は男のほうに声をかけた。

「何、なんか用？」

「店の前でそんなことをされると困ります」

「あぁ？　オメエに関係あんのかよ？」

「あります。ここの店員なので」

「ッチ――、ガキが！　やっちまうぞ、ゴラァァアア！」

がなり声をあげると、女子がびくっと肩をすくめた。

そんなふうに怒鳴っても【肝っ玉】持ちの俺はビクともしない。

男のステータスを見てみると、

・渡利健介（わたりけんすけ）

・成長：停滞

・特徴特技

威嚇上級者

虎の威を借る狐（きつね）

空手白帯

おばあちゃんっ子

見た目に反して強そうなステータスはなく、全然大したことがなかった。

白帯？　はじめたけどすぐやめたってことか。

てかおばあちゃんっ子かよ。ほっこりさせんなよ。

「ナメた真似（まね）していると兄貴呼んじまうぞ、オイ」

「ナメた真似していると警察呼んじまいますよ」

怒鳴りにも動じないし【ポーカーフェイス】で無表情の俺は、かなり面倒くさそうなヤツに感じただろう。

「く、こいつ……！」

「もうやめましょう。こんな姿を見たら、おばあちゃんが悲しみますよ……？」

しんみりした顔で俺は嘆くように首を振る。

「…………っ」

クソが、と毒づいた男は、そばにあったゴミ箱を蹴とばし去っていった。

おばあちゃんが決め手だったなたぶん。やっぱ顔が思い浮かんだんだろうな。

「同じクラスの？」

「そうそう。君島です」

「学級委員やってるよね。わたし、名取陽色です。ここでバイトしてるんだね。さっきはありがとう。どうしようか本当に困ってて……」

名取さんの手が少し震えていた。よかった、割って入って。

「さっき、すっごくカッコよかったよ」

素直に褒められると照れるな……。おほん、と俺は咳払いをする。

「気をつけて帰ってね。さっきのヤツも名取さんが可愛いから声かけたんだろうし。人が多い明るい道を選んで帰ったほうがいいよ」

「可愛いとか言われると照れるんだけど」

「じゃないと声かけないでしょ？」

あいつがそう思ったんじゃないかっていう予想だ。

お礼をしたいから、と俺は連絡先をもらった。携帯はバックヤードの鞄の中にあるから、あとで登録しておこう。

あのおばあちゃんっ子が蹴散らしたゴミ箱を片付けていると、いいって言ったのに、名取さんもわざわざ手伝ってくれた。いい人。

「また、学校でね」

そう言って名取さんは帰っていった。
そのとき、またステータスの更新があった。

・君島灯
・成長：急成長
・特徴特技
モブ
強心臓
口八丁
ラジオオタク
ポーカーフェイス
褒め上手

【肝っ玉】が進化？　して【強心臓】になっている。あと、【事なかれ主義】がなくなっ

た代わりに【褒め上手】が追加されている。

【事なかれ主義】が消えたのは、今日の城所先輩にケンカを売られて逃げなかったことや、さっきの対おばあちゃんっ子で見て見ぬフリをしなかったからだろう。

店内に戻ると芙海さんが仕事を再開していた。

「俺もちょっと小休憩いきます」

「はーい」

やっとひと息つける。簡素なパイプ椅子に腰を下ろして自分の鞄を見ると、

「あれ。ない」

――あのちびっ子パイセン、俺のドーナツ全部食ってやがる！

休憩が終わってクレームを言うと、「夢中で貪ってしまいました」と、てへへ、と可愛い笑顔をのぞかせた。

その笑顔に免じて許そう。

俺はバイト終わりに、代わりとして芙海さんにアイスとアメリカンドッグを買ってもらった。まあそれならいいか。

4　策士とモブ

バイトで疲れた体を引きずって家に帰ると、いつの間にかメッセージが届いていた。

アイコンで誰かすぐわかった。

高宇治(たかうじ)さんからだ。

「おぉぉ……!?」

嬉(うれ)しいような、あんま嬉しくないような。めちゃくちゃ複雑な気分だ。

連絡が向こうからあったこと自体は嬉しい。でもあの一件のことで何か言われるかもしれない、と思うと、気が重い。

一度深呼吸をして、トーク画面を開く。

『先輩が早とちりを謝ってほしいと言っていたわ』

城所(きどころ)先輩のことか。

こうしてメッセージを送ってくるってことは、高宇治さんはあの件で俺のことを悪く思わなかったってことでいいんだろうか。

こっちから切り出しにくい話を向こうからしてくれたのだ。謝るのは今しかない……!

『こっちこそごめん。先輩と変な感じになっちゃって』

最終的に高宇治さんとはイイ感じになりたいのだけど、これまで俺とのやりとりは『友達』で十分収まるものだったと思う。ああなったことを悪いとは思わないけど、高宇治さんがどう思っているかわからなくて、ひと言だけ謝った。

秒で『気にしないで。過剰に反応してしまっただけみたいだから』と返ってきて、俺は安堵(あんど)のため息をこぼした。

『友達だってちゃんと説明しているから』

よかった。

それからは、以前ハンバーガーショップでしていたような『マンダリオンの深夜論』の話をずっとメッセージでしていた。

いつの間にか日付が変わり、お互い番組放送日はリアタイしているだけあって、夜中の三時頃まで勢いは衰えることなくやりとりが続いた。

ラジオは、メインパーソナリティが自身の考えだったり、身近な出来事をテレビでは考えられないくらいの長い尺を使って語るため、親近感を覚えることが多い。

テレビで見る芸人マンダリオンではなく、ボケの本田(ほんだ)、ツッコミの満田(みつだ)、それぞれがテレビでしないような個人的なことを話してくれる。

オチも何もないありふれた日常の話だったり、遭遇した出来事に対して思ったことだったり。芸人としてというより、そこらへんにいるお兄さんや友達のような感覚でパーソナリティを認識していってしまう。

それについては高宇治さんも同意していた。

俺と高宇治さんは、マンダリオンの二人を俺たち共通の友達のような感覚でついしゃべってしまう。

そして四時頃になり、ようやく俺たちはおやすみのメッセージを送った。

メッセージだけのやりとりだったけど、充実した数時間だった。

好きな女子と好きな物の話ができるって、幸せすぎん？

このまま永眠しても文句ないわ。

そんな睡眠は体感一瞬で終わりを告げた。

「あーかーりー！」

聞き慣れた声が聞こえて目蓋を開くと、もう朝の七時半。目をこすりながら窓の外を見ると、金髪ギャルが手を振った。

「今起きたのー？　五分待ったげるから、早く準備しなー？」

うい、と返事をして、俺はとりあえず制服に着替え、歯を磨いてスニーカーをつっかけた。

扉の外で待っていた春が「寝癖ついてるし」と笑いながら俺の髪の毛を触ってくる。

「あとで直す」

通学路を急ぎながら歩いていると、春が疑問を口にした。

「昨日ラジオの日だっけ？」

放送日翌日……日付上は当日、俺はいつもああして春に起こされている。

「そうじゃなくて。高宇治さんとメッセージが弾んで」

「あ……そう……。……良かったじゃん！」

ばん、と思いきり背中を叩かれた。

「ごちゃついたことがあって、ヤバそうだったけどなんとか持ちこたえたわ～」

あくび混じりに、俺は城所先輩とのことを春に教えた。

「それでサーヤちゃんも気にしてたのか……」

思い当たる節があるのか、春がぽつりとつぶやいた。

「嫉妬か何かわからんけど、厳しすぎぎん？　って思って」

「趣味友達の範囲だしねー。センパイ、案外束縛系だったりして」

「ヤリモクでソクバク系かよ」

イケメン先輩の裏の顔がわかってきたような気がする。友達っぽくても、男子は接近不可。

俺みたいなのが近づいたからって、イケメンの自分から彼女を奪われると思うものだろうか。

独占欲が強いのかもしれない。

「憧れていたセンパイにアピって、上手（うま）く付き合えたけど結果的に長続きしなかったって話は、よく聞くし」

遠回しに、城所先輩の性格に難があるのでは、と瀬川（せがわ）研究員は言う。

「想像とリアルは違うってこと？」

「かもねー。モテるからさ、『こいつじゃなくてもまた寄ってくるし』って思っても不思議じゃないでしょ」

うらやましい……。なんだその勝ち組思考回路。

高宇治さんも指一本触れずにリリースしてくれればいいんだけど。

校門が見えてくると、そこに生徒がどんどん吸い込まれていく。春は四方八方からおようと声をかけられていて、顔の広さがよくわかる。

「君島（きみしま）くん。おはよう」

昨日コンビニにいた名取さんが挨拶をしてきた。

女子に朝から挨拶される……。そんな世界線が俺にもあったんだ……。

一瞬感激して、俺はすぐに「おはよう」と返した。

今日も名取さんはラケットが入ったケースを肩にかけポニーテールを揺らしている。

運動部らしい爽やかな笑みを浮かべていた。

「忘れてるかもだから言っておくけど、メッセかスタンプ送っといてね？」

「あ。忘れてた！」

高宇治さんからメッセージがあったから、それ以外のことが頭から抜けていた。

「えーっ。ひどくない？」

冗談っぽく言ってくすっと名取さんは笑う。

「ちょっと、立て込んでて」

「登録ヨロでーす」

じゃ、と部活仲間らしき友達のほうへ行ってしまった。

「……ヒーロちゃんと、仲良さげじゃん？」

春が冷たい目で俺を見ていた。

「昨日ちょっと、色々あって」

「サーヤちゃん一筋のくせに、何鼻の下のばしてんの」

そうだけど、おまえ……。

「ここでそんなこと言うなってっ。人周りにいっぱいいて……誰が聞いているかもわからないのに――」

「あたしは相手があの子だから応援してんの！」

ちゃんと名前を伏せてくれる優しさは残っているらしい。

けど、怒っている。春が、珍しく怒っている。

「違う子とヨロシクすんなら、話が違うってこと！」

「な、何そんな怒ってんだよ」

話が違う？　何言ってるんだ。

「バカリのバカ！　夜ふかし野郎！」

ずんずん、と足音を立てるように春は先に行ってしまった。

夜ふかし野郎って、全然悪口じゃないよな。

ん？　春のステータスが変化している。

・瀬川春
・成長：成長
・特徴特技
抜群の社交性
面倒見がいい
母性
ピュア
相談役

前はなかった【相談役】が追加されている。

俺が高宇治さんとのことを相談するからか？

春は春なりに、成長しているってことなんだろうな。

そう考えると、俺の【急成長】の状態は異常とも言える。すぐステータス更新されるし。

それはそうと。

俺が高宇治さんとではなく、名取さんとヨロシクする方向で考えていたら、春は援護射撃しないってことか。

春は、名取さんのこと、嫌いなのか……？

昇降口から校舎に入り、教室に行くと春は名取さんと普通にしゃべっていた。嫌いってわけじゃないらしい。

教室に入ると、春がちらりとこっちを見る。それだけでなく、他のクラスメイトたちからも視線を感じた。なんだ、俺何かしたか？

「助けたんだって？」

さっきとは態度をころっと変えた春が話しかけてきた。

「ああ、名取さんのこと？　助けたってほどじゃないけど、昨日の夜たまたま見かけて」

「『ちょっと色々あった』みたいなボカし方するから、気になって何したのか訊いたの。そうしたら、そうだって言うからさ」

怒ってしまったことが引っかかっているのか、春はちょっとだけバツが悪そうだった。

「いいとこあるじゃん。灯」

たまたま見かけたからな、と俺はもう一度言った。

「てか、幼馴染のことをもうちょっと信用してくれよ」

「ヒーロちゃんのほうがイケそうだから、ダサい方向転換したのかと思った」

「そんなことしねえよ」

ちらりと隣を窺うと、高宇治さんはすでに着席していた。

注目が集まっているのはそのせいなんだろうか。

「あと、センパイと何かやらかしたんでしょ。もう噂になってる」

ああ、それで。たぶん、クラスメイトからすると、そっちのほうが大きなニュースなんだろう。

「あぁ……ケンカじゃないけど、一触即発……みたいなやつを、少々」

「……直で？　ホント、いい度胸しているっていうか、ちょっと前の灯からは想像できないんだけど」

不思議そうに春は言った。ステータスが見えるようになってから、ステータス上の変化と同時に俺も自分が変わっているような感じがしていた。

「もうその件はいいんだ。高宇治さんを通じて謝罪もあったし」

「それならいいんだけどさ。昨日の放課後事件起きすぎだから」

ついてけないし、と付け加えた春。

席に着くと、高宇治さんと目が合った。こんな神話レベルの美少女とほんのさっきまでメッセージをしていたのかと思うと、今さらちょっと緊張してくる。

面と向かって美貌を目にすると、引け目を感じる程度には俺と高宇治さんには差がある。

おはよう、と声をかけてくれたので、俺もすぐに同じセリフを返した。

「君島くん……名取さんを暴漢から守ったって話、本当？」

微妙に違うけど、大筋間違ってない、かな。

「暴漢っていうか、変なやつに絡まれてるところを目撃したから」

「追い払った？」

「まあ、うん……」

【おばあちゃんっ子】っていうのがわからなければ、警察沙汰にせざるを得なかったかもしれない。自力でどうにかできたのは、ステータスが見えたおかげだ。

「そうなの」

表情は冷静ないつものままだけど、高宇治さんの目が輝いている。

尊敬の眼差しって感じだった。

「城所先輩のときもそうだけれど、メンタルが強いのね」

「どうだろう」

と、俺は濁した。

ついこの前まで【臆病】だったのが今や【強心臓】にまで文字通り急成長していた。だからか、度胸に関しては成長を自覚することが多い。

そして、良かったのか悪かったのか、その影響で【事なかれ主義】が消えている。

「名取さんが他の仲が良い女子に、瀬川さんを含めてそのことを言っていたみたいで、その一件が広まっているみたい」

「本当に、たまたま運良く追い払えただけだから」

これはマジ。

「私もそのメンタルを見習いたいわ」

才色兼備は誰もが知るところ。

おまけに裏の顔は、毎週何百通も応募がある中、ラジオ番組のネタコーナーに採用されまくるハガキ職人でもある。ラジオとはいえ、プロのスタッフや芸人に認められるユーモアセンスってことだ。そんな高宇治さんが、俺を？

「高宇治さんが俺から学ぶことは何もないと思うけど……？」

「そんなことないわ。素敵だと思うもの」

ステキ？

……俺？　俺のこと？

「あれ？　変なこと言ったかしら」

俺がフリーズしているのが気になった高宇治さんが、素の表情で慌てている。

「わ、私、変なことを言って……？　ご、ごめんなさい。そういうつもりじゃなかったのっ」

高宇治さんは逃げるように髪の毛で横顔を隠す。

耳がちょっとだけ赤くなっていた。

そういうつもり……。

俺が期待するようなことは何もないってことか……。そりゃ、そうだよな。

「尊敬できる素敵な友達ってことよ」

「……ああ、うん」

そうだ。友達。俺と高宇治さんは友達。

会話が途切れたので、俺は忘れないうちに名取さんにメッセージを送った。

『よろしく』

前のほうに座っていた名取さんが、こっちを振り返ってニコリと微笑(ほほえ)んだ。首を動かすたびに、ポニーテールがさらりと揺れる。

『メッセありがと』

返信はすぐにあった。

私のメッセージ読んだかな？　って確認したそうな名取さんがまたこっちを振り返った。

手だけで挨拶して、見たよの合図を送った。

やがて担任の先生がやってきて、ホームルームが終わり、一限の授業に入った。

その授業中、またメッセージが届いた。名取さんからだ。

『あのコンビニでバイトしてるんだ？』

『ときどき。キツくないしいいよ』

『いいなぁ。わたしもバイトしたいー』

そんなふうにどうでもいい会話をメッセージ上で続けていた。

授業中のスマホの使用は即没収案件。

俺は比較的後ろのほうだからバレにくいけど、名取さん、大丈夫か？

横から丁寧に折りたたまれたノートの切れ端が机に置かれたので、不思議に思って開いてみる。

『何しているの』

ん⁉︎

送られてきた方角——高宇治さんを見ると、機嫌悪そうに顔をしかめていた。

「……」

無言の圧を感じる。

学級委員が授業中にスマホ触るのは良くないデスヨネ……。

俺は名取さんに送ろうとしていたメッセージの入力をやめて、スマホをポケットにしまう。

「君島ぁー。手ぇ上げてどうした。便所かー？」

反抗する意思がないことを示すように両手を上げた。

「あ、すんません、違います」

「紛らわしいことすんなよー」

先生が冗談めかして言うと、教室の中で小さく笑いが起きた。

「～～～っ」

高宇治さん、ニヤけないように唇をぎゅっと嚙んで目もぎゅっとつむっていた。

便所もツボなのか、高宇治さん。

こそっと俺はつぶやく。

「便所」

「〜〜〜っ」

高宇治さんの笑いのツボ、チョロすぎるだろ。

「ベン」

「ぷふーっ」

我慢できなくなった高宇治さんが変な吹き出し方をする。一瞬何の音か気になったクラスメイトや先生が音源を探すけど、その頃には高宇治さんは元のすん顔に戻っていた。

吹き出す顔も、普通に可愛(かわい)い。

「……ベンジャジー」

「ぷふふ、ぷふっ」

「ベンジャミン」

笑ってしまう本性と堪えろと言い続ける理性との戦いだったんだろう。

「むほんっ」

美少女ＪＫらしからぬ変な声を出してしまった高宇治さん。それが恥ずかしかったのか、両手で顔を覆ってしまった。

……可愛い。

ベンジ……の音でもう笑ってしまうんだろうな。

　すると、また横からノートの切れ端が送られてきた。

『やめてちょうだい』

　やべ。やり過ぎたか……。

　怒られるかも、と恐る恐る隣を見ると、笑いを堪えようとぷるぷる震えていた。

「…………高宇治が、笑っている？」

　先生が奇妙なものを見たように、ぽつりとこぼした。

「マジだ。沙彩ちゃん、笑ってる」「はじめて見た」「俺も澄まし顔じゃない高宇治さんは初だ」「てか、顔赤くね」「ちょっと涙出てるぞ」

　次々にクラスメイトがぼそぼそと言う。

　すん顔しか知らないクラスメイトには、この高宇治さんは妙に映ったようだ。思うに、こっちが素なんじゃないだろうか。

　そして授業が終わると、高宇治さんはこっちに手を伸ばした。

「携帯を没収するわ」

「高宇治さん、先生にバレてないんだからそれくらいは……」

「他の女の子と、仲良さそうにメッセージをしていたわ。楽しかったのよね？」

　高宇治さんは、不満げに眉間に皺を作っている。

「まあ……」

そうだけど、高宇治さん、その言い方だと……。

ん？　と違和感に気づいた高宇治さんは、すぐに言い直した。

「授業中にスマホを触るのは禁止されているはず。だから没収よ」

テコでも動かなそうな高宇治さんの強い言い分に、俺は観念してスマホを渡した。

生徒間でそんなに決まりごとを守る必要ないだろう……。

昼休憩になると、高宇治さんは俺のスマホを返してくれた。

「君島くんって、いつもどこでお昼を食べているの？」

「特別教室棟の三階の上があるの知ってる？」

「上？　三階の？」

この学校は三階までしかないので、不思議に思うのも当然だろう。

「そう。屋上に出られる階段があって、屋上へは行けないけど、その扉の前でいつも」

出られない屋上の扉前、それを俺は屋上前と呼んでいる。

「……一人なの？」

「だいたい」

逆に、高宇治さんは誰かといつも一緒だったりする。ほとんど誘われて食堂に行っていることが多い。

「今日は、私」

何か言おうとしたとき、春が声をかけてきた。

「灯ー。今日はあたしもいい？」

「いいよ」

屋上前は俺だけの場所ってわけじゃないから許可は要らないぞ。

「高宇治さん、さっき何か言おうとしなかった？」

「ううん、何でもないの」

そう言って高宇治さんは首を振った。

校内の売店であらかじめ適当にパンを買っていた俺は、弁当を手にした春と例の場所へ向かう。

「灯、死ぬほど噂になってるよ。知ってる？」

「噂？　名取さんを助けたっていうやつ？」

「そっちじゃなくて。センパイと揉めたほう」

「あぁ」

顔が広い春には、よく情報が入るんだろう。

「サーヤちゃんを奪ってやる、みたいなことまで言っちゃったわけ？」

「んなわけねえだろ」

さすがにそこまでは言わなかった。

「でも、城所竜星にケンカを売った二年がいるって話になってる」

「待て待て待て。どこまで一人歩きしてるんだよ」

誰かが適当なことを言って、それを真に受けたやつが面白がって広めてるんじゃないだろうな。

売ったんじゃなくて俺は売られたほうだ。

屋上前で昼食を食べはじめると、話題はもっぱらそのことだった。

「噂が噴出してて。まず、灯はセンパイにケンカを売ったことになってて」

「その時点で違うけどな」

「まあ聞きなよ。センパイはサーヤちゃんを守るために売られたケンカを買ったっていうことみたい」

「今の流れだと、完全に火蓋切られてるんですけど」

「うん。あたしもビックリ。構図として、激可愛ヒロインにちょっかいをかけたモブとそれを撃退する主人公って感じみたい」

俺がその構図で主人公なわけないよな。

噂でもそうだし、第三者からするとそう感じるのかもしれない。

超お似合いの学校一のイケメンと美少女のカップルで、それを邪魔しようとするヤツ。

「灯は、完全にヒールだよ」

「回復魔法？」

「悪役ってこと」

箸をくわえながら、春はスマホで何かを確認している。何を見ているか知らないけど情報源はそこからか。

「噂だからほっとけばいいだろ」

全然気にしない俺は、パンをひと口齧る。

「そうもいかないっぽい」

「うん？」

春はスマホの画面を見せてくれた。それは学校の裏掲示板ってやつだった。

上から順に春が説明しながら書き込みを表示していった。

『最強イケメンVS二年のモブ氏』

『そいつ誰』

『二年のやつ。名前は知らん』

『気持ちはわかるがケンカ売んなよｗｗｗ』

『そいつがサーヤちゃんにちょっかいかけて、キドコロがキレたらしい』

……適当な書き込みもあるけど、三割くらい当たっているものもある。

『ガチでケンカしたらモブ氏のほうが強いと思いますけどねぇ〜』

俺の知ってる人が書き込んでる⁉

だから芙海さん、ケンカの強弱で男子を測る女子はいないんですって。

「盛り上がりすぎだろ。事実とは微妙に違うにせよ、話広まるの速すぎ。昨日の放課後だぞ」

「そんなもんっしょ。みんなゴシップに飢えてるからね。サーヤちゃんとセンパイが付き合ったときはもっと広まるの速かったよ」

「ヤリモクとかもそうだけど、モラハラ入ってると思うんだよな、城所先輩って」

「そうなの？」

「意外だろ？　イケメンの裏の顔ってやつなんだろうけど」

みんなそれを知ってれば、俺がここまでヒール扱いされなかっただろうに。春曰く、ヤリモクのほうは女子の一部で噂になっている程度。知らない女子のほうが大半だという。

「灯、どうするの？」

「一週間も経てばみんな忘れるだろ」

わざわざ事を大きくする必要はない。幸い、掲示板では俺だってまだ特定されてないわけだし。

そう思っていると、名取さんからメッセージが届いた。

『三年の先輩が教室に来て、君島くん探してる』

めんどくせぇ……。

俺がスマホを持って固まっているので、気になった春が手元を覗き込んだ。

「火蓋切られてるー!?」

「てことは、城所先輩側はやる気ってことみたいだな……」

「っぽい」

「っぽいって……。春ちゃん、これなんとかならんかね」

「元はと言えば、灯がケンカ売ったのが発端でしょ？」

「いや、昨日のは、俺じゃなくて向こうが――」

「違くて。売ってたじゃん。灯から。最強イケメン彼氏がいるってわかった上で、サーヤちゃんと下心アリアリで仲良くしようとしてた。昨日の件だと話は違うかもだけど、根っこの部分では灯から仕掛けてる」

完全なギャルが死ぬほど真面目に諭してくる。

奪還作戦っていうのは、本質的にはそういうことだ。

「……正論だな」

納得感しかない。

本当は、正面切ってやり合うつもりなんてなかった。荒事は苦手だし。

「遅かれ早かれってことなんじゃないの？　どうすんの？」

◆高宇治沙彩

沙彩が教室で弁当を食べていると、城所とよく一緒にいる三年の男子が、灯を探しに来た。

きっと昨日の件で話があるのだろう。過敏になったことを謝りたいと言っていたから。

踏み込んだ話をする相手がいなかった沙彩には、状況がよくわかっていなかった。

周囲にいるクラスの男女は、何か知っているふうだったが、ほんの少しの緊張感を漂わせながら黙っているだけだった。

「サーヤちゃん、竜星が呼んでるから一緒に来てくれる？」

「？　ああ、はい」

用事があるのなら、自分でここまで来ればいいものを、と沙彩は思った。

なんとなくだが、城所に対して引っかかりのようなものを覚える。

帰り道、会話が早々に尽きると誰かを蔑むような話が多い。友達をああして顎で使うようなこともする。

ラジオを深夜聴いていることを、彼にそのまま伝えたら『何それｗ　早く寝なよｗｗ』って小馬鹿にされてしまったことが、不信を伴った違和感となった。わかったことは、彼は自分の知らない物事に対して、偏見から入るタイプだということだった。

広げていた弁当を片づけ、やってきた三年男子の後ろについて歩いていく。

「キミシマだっけ？　やべえやつもいるんだな。クラス一緒なら沙彩ちゃん気をつけないとね」

優しげに声をかけてくるが、どうしてそう認識されているのか沙彩にはわからず、「はぁ」と曖昧に返事をするだけだった。

「あ、キミシマってやつ見つかったらしい」

スマホを確認すると、その男子は言った。話が見えず、沙彩は尋ねた。

「どうして君島くんを探しているんですか？」

「知らないの？　竜星にケンカを売ったからそれを買おうってことで今話が進んでて――」

「え？」

理解が追いつかなかった。何がどうしてそうなってしまったのか。ケンカを売ったのは城所のほうで、しかもそれを謝ると昨日言っていて、その気持ちを代わりに伝えたばかりだ。

「ちょっかい出したやつをそのままにしておけないのは、男としてわかるなぁ。自分のカノジョに手を出そうとしたやつを見過ごしてたら、メンツが立たないっていうか。ハハハ」

この三年男子が言うには、灯が売ったらしいケンカを城所は受けて立つつもりだという。恋人に手を出す輩からのケンカであれば大義名分は十分……ということらしい。

「意味がわからないわ……」

自分をダシにして、良く思っていなかった灯をどうにかしたい、ということなのだろうか。

口実に使われているとわかると、気分はよくなかった。

城所のクラスにやってくると、窓際にいた城所は取り巻き数人と一緒だった。窓枠にもたれかかり、腕をサッシに預けている。

この人、クラスではこんな感じなんだな、と思うと、また沙彩の中で減点された。

「沙彩ちゃん、呼び出してごめんね」

取り巻きの男子と女子数人が、沙彩に気づき視線を送った。

「……いえ」

「昨日はああ言ったけど、どうしても我慢できないから」

「君島くんは、ケンカを売るようなことは何もしてないです」

「いいんだ、いいんだよ。こういうのは、男同士のヤツだから」

と言って城所は取り合わない。

「掲示板であんなに盛り上がられちゃ、こっちも黙ったまま引けないから」

掲示板？　と首をかしげていると、灯が一人でやってきた。

「失礼しゃーす」

居心地の悪い三年の教室で、灯は平然とした顔をしている。

沙彩は思わず灯の顔を見てほっとしてしまった。見慣れない人と見慣れない場所で、知っている人がいると、少し安心してしまう。

城所が口を開いた。

「君島くん。どうして呼ばれたかわかるでしょ」

ちらり、と灯が沙彩に視線を送った。

「……まあ、一応」

灯にはなんの落ち度もないのに、こんなくだらないことに巻き込んでしまったのは本当に申し訳なく思う。

「事実と全然違うことになってて、困ってるんですけど、どうにかしてもらえないですか？」

灯が淡々とした口調で城所に言うと、苦笑した。

「半分は本当のことだろう？　オレ個人としても君を良く思っていないし、この際だから白黒つけよう。これだけ噂（うわさ）が広まってるんだ。そうでないと、収まりがつかない」

わぁっと教室から声が沸いた。いつ間にか室内にはギャラリーがたくさんいて、事の成り行きを見守っていた。

「城所が宣戦布告したぞ」

「え、え、殴り合うの？　殴り合うの？　今から？」

そ、そうなの⁉　と内心動揺しまくりの沙彩は、心配そうに灯を見つめた。

「沙彩ちゃんとも連絡を取っているだろ、君。人の彼女に何してるんだ」

ドキッ、と沙彩の心臓が嫌な跳ね方をした。

灯とメッセージでやりとりをしていると城所に話したことはない。

何かの拍子にトークルーム画面を見られていた……？

「城所先輩ってマジでモラハラ入ってません？　俺と高宇治さんと共通の趣味があって……ただそれで盛り上がっただけです」

「ああ、ラジオね？」

あの小馬鹿にするような薄ら笑い。趣味と、それが好きな灯を同時にバカにするような笑い方だった。

「動画や配信やショート動画全盛の今、ラジオって。しかもわざわざ夜遅くまで起きて聴いているんだろ？　何時代の話をしてるんだ」

口元だけで笑って、城所は肩をすくめた。

言い返したいことが山ほどある。何も知らないくせに。聴いたこともないくせに。

胸の中で鬱憤が膨らんでいっていると、灯がため息をついた。

「ああ、はいはい。そうですよ。夜遅くまで起きてリアタイしてますよ。俺も高宇治さんも。で、だからなんです？　逆に言いますけど、今どき趣味の多様性を認めないなんて何時代の人ですか。人が寝静まるような時間まで起きて楽しめる何かがあるほうが、ただ寝てるだけより人生よっぽど楽しいでしょ」

教室のどこかから聞こえていたクスクスと笑った声が聞こえなくなった。シンとした中、灯は熱くなりかけた自分を抑えるように、大きく息をついた。

「他人の趣味なんて、なんでも良くないですか」

小馬鹿にされたあの日、そして今、沙彩が城所に言いたかったことのすべてを灯が言ってくれた。

いつの間にか、沙彩は心の中で灯を応援していた。

三年の教室にいるたった一人のクラスメイトを。

理解を得られないだろう同じ趣味を持った同志を。

沙彩は自分の代弁者に声にならない声援を送っていた。

黙り込んだ城所に、灯が尋ねた。

「それで。白黒つけるってどうするんです？　何かあります？　俺、暴力系はダメなんで。殴られ慣れてはいるんですけど」

……殴られ慣れている？　きょとんと沙彩は目をぱちくりさせた。

「後輩クン……先手必勝です。まずは相手の鼻を思いきりグーでイってしまえば、戦意喪失しますから」

人垣から現れたちっちゃい先輩が物騒なアドバイスをしていた。

「どうやって決着をつけるか、考えていたんだが……これでどうだろう？」

城所はトランプがしまわれているカードケースを灯に見せる。

「トランプ？」

「そう。ポーカーで決めないか？　暴力的なことじゃないからいいだろ」

「…………」

考えるように灯が口を閉ざした。そして、視線をまっすぐ城所に向けた。

「俺が勝ったら、さっきバカにしたことを謝ってください」

「いいだろう」

「もうひとつ。……高宇治さんと別れてください」

沙彩は驚くよりも先に、ドキっと胸が高鳴った。さっきとは違う種類の胸の音だ。

「こっちが提案した勝負内容でもあるから……いいだろう」

ざわめく中、城所が申し出を受けたことでまたさらに教室内は騒がしくなった。

「オレが勝ったら、君島くんは沙彩ちゃんとは縁を切る。学校はもちろん、スマホで連絡も取り合わない」

良くない……！　全然良くない……！

ここで自分が強く否定するのも変なので、沙彩は灯に断れ断れと念を送っていた。

「わかりました。それくらいの覚悟はありますから」

「え、っ、え？　ええっ？　ど、どして⁉」

そんな覚悟、こっちは全然できていない。

と思っていたら思わず声が出てしまった。

◆君島灯

「え、っ、え？　ええっ？　ど、どして⁉」

高宇治さん、顔に出まくり。

ただ、それがめちゃくちゃ嬉しくもあった。あと、おろおろしているのも可愛い。

その反応は、俺との友人関係を大切に思ってくれているってことだから。

俺の要求と釣り合いをとるなら、高宇治さんとの縁を切るとなるのは仕方ないのかもしれない。覚悟は決まった。

「……本気なんだね」

城所先輩が、意外そうに口にした。

「一ラジオファンとして、さっきの発言は許せませんし、あんまり先輩のいい話を聞かないので」

「だから別れたほうがいいと思ってる、と？」

俺は何も言わず、ただ城所先輩の整った顔を見つめた。

「オイ、おまえが竜星の何を知ってんだよ」

脇に控えていた先輩の一人が声を上げたけど、城所先輩がそれを制した。

「いいんだ。気にしてないから」

「そっちが提案した勝負に乗るんですから、ディーラー？　でしたっけ。ポーカーでカードを配る人。それはこっちが指名してもいいですか」

「それくらいならいいよ」

……。

結構重要なはずなんだけどな、これ。あっさり承諾したな。

「春……幼馴染（おさななじみ）の金髪のギャルがいるんですが、その子に頼もうかと」

「ああ。あのギャル、君島くんの友達なのか。いいよ、構わない」

エラい自信だな。

そこまで決まると、城所先輩は自分たちが普段やっているポーカーのルールについて説明してくれた。

通常、ポーカーはディーラーと複数のプレイヤーで行われる。プレイヤーは配られた手札で役を作り、その役の大きさで勝敗が決まる。

けど今回やるのは、ヘッズアップポーカーという一対一のポーカーだという。

昼休憩が終わるチャイムが鳴ると、城所先輩は芙海さんを呼んだ。

「西方さん、彼と仲が良いんでしょ？　説明しておいてもらえる？」

「いいですよ」

ふたつ返事をした芙海さん。

「後輩クン、放課後残っておいてもらえますか？」

今日はバイトがないので、俺はうなずいた。

三日後の放課後、この教室で対決が行われることに決まると、いつの間にかいたギャラリーたちはぞろぞろと教室から出ていった。

「君島くん、行きましょう」

何か言いたげだった高宇治さんに促され、俺たちも教室をあとにする。

「どうしてあんな勝負受けたりしたのよ」

開口一番、高宇治さんは不安そうな顔で俺に言った。

「向こうも自覚あるみたいだから言うけど、春が聞いた噂では、城所先輩の評判良くないんだよ」

知っていたのか、知らなかったのか、高宇治さんは難しそうな顔で黙り込んだ。

「二人でいるのを見かけたとき、高宇治さんは無理してるんじゃないかって思って」

「どうして、そんなことを……」

思うのかって？

勘違いかもしれないけど、俺と話しているときのほうが、少なくとも楽しそうに見えたからだ。

「そういうのがあって、本当に勝手だけど別れたほうがいいんじゃないかって」

「本当に勝手」

責めるような恨みがましい目だった。

「……ごめん」

「君島くんと話せなくなるのは、私も困るから」

そっちかぁ。

口走ったセリフを自覚したらしい高宇治さんは、スタスタと逃げるように歩く速度を上げた。

「せっかくできた友達だから……」

高宇治さんの中で、俺はそこまでの存在になっていたようだった。

嬉しく思うのと同時に、だからこそ城所先輩からは奪わないといけないな、と改めて俺は思った。

「すごく簡単に言うと、一対一のポーカーですね」

放課後、教室に残って俺は芙海さんの説明を聞いていた。

俺が巻き込んだ春と当事者の高宇治さんも、そばで話に耳を傾けている。

持ってきていたトランプを芙海さんは実際に配り、一人でやってみせた。

「普通は手札で役を作るけど、これは違うってこと？」

「そうです、ギャルちゃん」

ギャルちゃん!?　まんま過ぎ。

「プレイヤーはディーラーに配られた二枚と、中立地の川と呼ばれる場所にあるカードの五枚で役を作ります」

ぱっぱ、と俺と高宇治さんに手早く二枚のカードを配った芙海さん。次に川にカードを三枚伏せ、それを開けていく。

「ポーカーの役はわかりますか？」

「ゲームでちょっとやったことがあるんで」

「それなら大丈夫です。賭ける(ベット)のタイミングは、プレイヤーが二枚配られたとき、川の三枚を置いたとき、四枚目を川に置いたとき、五枚目を置いたときの計四回です。四回目が終わったあと、お互い手札を晒(さら)して勝負、という流れですね。ただ——」

ルール以外にも、セオリーを教えてくれる芙海さん。

………めちゃくちゃ詳しいな。

やってるな、これ？　この前昇降口で城所先輩と揉(も)めたときも、放課後残っていたみたいだったし。

「公式のルールとはちょっと違うかもですけど、城所くんが言うポーカーというのはこれのことです」

説明をまとめると、今回のポーカーは、手札と川で役を作ることを目指し対戦相手のチ

なりあるのに。

ップを奪うゲームらしい。

城所先輩のあの自信満々な感じ。

俺が慣れてないことを差し引いても、カードの引きが強ければ俺が勝つ可能性だってかなりあるのに。

「……」

こうして、芙海さん監修の下、春がディーラー役となり俺と高宇治さんで対戦をして遊んだ。

見回りの先生がやってきて解散となったが、来なかったら日が暮れるまでやっていたと思う。

「楽しかったわ……！」

俺と城所先輩が高宇治さんとの関係を賭けて戦うっていうのに、高宇治さんはゲームを素直に楽しんでいた。

「サーヤちゃんよかったね」

「手を作ることもそうだけれど、相手の心理を読むほうが大切なのね」

すっげーざっくり言うと、そういうことだった。

自分にいいカードが入らなくても、相手に勝負させなかったり、負けを認めさせ続けれ

ば勝てるというものだった。

「ブラフは常套手段ですからねぇ〜。それを踏まえてどう相手の心理を読むかが重要になります」

「ちっちゃい先輩、めっちゃ詳しいよね」

よくぞ聞いてくれた、とそのちっちゃい先輩は胸を張った。

「そもそも三年生の中でアレを流行らせたのは私ですから」

プレイヤーじゃなくてブームを作った側の人だった。

【頭脳は賭博師】なんてステータスがついているのも納得だ。

女子は普通、あの手のギャンブル系ゲーム知らないんですよ、芙海さん。

「またやりましょう」

別れ際、目を輝かせながら高宇治さんが言った。

「もち！　やろー！」

春が明るく答えると、ふんふん、と高宇治さんは何度もうなずいていた。

春と一緒に帰路を辿る間、俺はようやく昼休みに起きた話を説明した。

「知ってた。掲示板にそのことがリアルタイムで超速で書き込まれていってたから」

「掲示板すご」

「だからあたしも協力してあげようかなって気になったんだけど……バカじゃん、灯」

「なんでだよ」

「相手のほうが上手いに決まってるのに。向こうの提案に乗るなんて」

「このままズルズル先延ばしになって……あの二人が仲良くなったらどうすんだよ」

それが一番怖い。というか嫌。

尾行したとき、付き合いたてだからぎこちないだけって春は言っていた。だから時間が経つにつれて徐々に仲良くなっていく可能性は高い。

「今は手を出していないみたいだけど、それが今後続くとは思えない。

「けど……灯、負けちゃったらもう連絡も話もできないんだよ？　教室でもそこそこ話せるようになってたじゃん。あたしは関係ないからどうでもいいんだけどね。どうでも」

どうでもいいと春は強調する。

「ただ、灯が傷つくところは見たくないっていうか……」

「春ちん、俺のこと心配してくれてんのか」

「う、うっさい！　そばで暗くされると鬱陶しいってだけ！」

俺はくすっと思わず笑ってしまう。

「こんな感じだから俺は春をディーラー役に指名したんだろうな」

「それ謎だった。どゆこと？　どうしてあたしなの？」

「三年の教室で落ち着かないだろ。春がいると落ち着くっていうか」

見慣れた顔だから安心感があるというか。

少し頬を赤くした春が咳払いをすると、冗談っぽく体をぶつけてくる。

「灯って春ちんラブなわけー？」

「違う」

「いやわかってるし！　正面から否定されるのなんかムカつく！」

春が鞄をブンブン振り回すので、「おい、こら、やめろ！」と俺は防御態勢に入る。

春のことは、好きか嫌いなら完全に好き。

愛情っていえばたしかにそうかもしれない。春に彼氏ができて、そいつとベッタリになったら、少しくらいは嫉妬すると思う。悩んでいたら、俺に出来る範囲で手助けだってするだろう。

俺は弟のようで兄だし、春は妹のようで姉でもあった。

ただ他人でもあるので女性として見ることもある。愛情っていうより、たぶん家族に持つような愛着に近いのかもしれない。

「わかってるしっ！」

もう一度大声で春が喚くと、振り回した鞄が俺の顔面にクリーンヒットした。

「ふぼっ⁉」

こんな関係が少なくとも高校卒業するまで続くんだろうと思った。

決戦の日まで、俺は芙海さんとポーカーの練習を重ねた。

「今のは私の弱気を読まないといけませんよ」

「強気はいいんですけど、私も同じくらい強気ってことを見ないと」

「全ベットなんて、ただの自棄にしか見えません。負けを認めるんですか？」

こんな感じで、一ラウンドごとに感想とアドバイスをもらい、それを踏まえて練習をしていた。

「後輩クンは、言うことを素直に聞くとてもいいワンコ系後輩ですね～」

もしかして、ワンコ系後輩って、従順な犬みたいだからそう言ってるんじゃ。

「そしたら意味がちょっと違ってくるような」

「なんですか？」

「いえ、なんでもないです、マム」

こうやって特訓してくれるおかげで、ゲームに慣れることはもちろん、その奥深さや面白さを理解することができた。

ただ、心配事が的中すれば、正直俺のブラフも強気もゲーム慣れも関係ないような気がする。

もしもの備えだけはしておく必要があった。

そして、決戦の放課後を迎えた。

城所先輩がいる教室に、春と高宇治さんの三人で乗り込む。

中央では二つの机が前後でくっつけられており、片方の席に城所先輩が座っていた。それを囲むギャラリーは壁みたいになっていた。

「すみません、通ります」

俺は隙間を作って中に入ると、春と高宇治さんも続いた。

「すみません、お待たせして」

「待ってたよ」

城所先輩は女子なら卒倒しそうな爽やかスマイルを浮かべた。

あの昼休みから今日まで、春の話では、裏掲示板はお祭り騒ぎらしい。

正義のイケメンが学校一の美少女を賭けて二年の男子と勝負する——、そんな感じの内容でみんながああだこうだ書き込んでいたという。

二人の仲を引き裂こうとする俺は、完全に悪役。

ちょっとくらい味方がいるのかと思ったら、ほぼいないらしい。高宇治さんファンの男子でも、相手が城所先輩であれば「Good Luck」って感じで手放しで関係を祝福しているとか。

城所先輩の例の悪評も書き込まれることがあるらしいけど、数が圧倒的に違うという。

「指名されたので、あたしがディーラーしまーす」

「よろしくね、春ちゃん」

「うーっす」

適当な返事をした春が、未開封のトランプを開封してシャッフルする。

「確認しておこう。君島くんが勝てば、オレは沙彩ちゃんと別れる。趣味をバカにしたことも謝る」

「はい。先輩が勝ったら、俺は高宇治さんと絶縁。連絡もしないし、学校でもしゃべらない」

うん、と城所先輩は首を縦に振った。

「約束だよ」

「はい」

正直、負けたとしても約束を破ろうと思えばできる。けど、向こうの負けた場合の条件も結構大きい。

だから約束を破るつもりで戦うのはフェアじゃないだろう。

教室にパンパンに入っているこのギャラリーは証人扱いなのかもしれない。

高宇治さんは、何も言わず心配そうに見守っている。

こんなふうに揉め事が大きくなってしまったことは、申し訳なく思う。

リアルな「私のために争わないで」状態だからな。

チップの代わりになるのはおはじきで、お互い三〇枚からスタートとなった。

「後輩クン、強気ですよ。強気はすべてに勝りますから！」

人垣からにゅっと顔を出した芙海さんが最後のアドバイスをくれた。

何も言わず俺はうなずいた。

そして、第一ラウンドがはじまった。

まずラウンドに必要な最初のチップをお互い賭ける。コールだのレイズだのそれっぽいことを言い合って、二枚ずつの計四枚がポットと呼ばれる共通の口座みたいなところへ流れる。

春が俺たちにそれぞれ二枚のカードを配り、確認してみる。まあ、ざっくり言うと強くもないし弱くもないってところか。

お互い様子見のチップを二枚ずつ出し合って、春が川に設置したカード三枚を開く。

「……」

７のワンペア。

弱いほうだけど、この時点で、同じ数字が二枚必要なワンペアという役が手札と川で完成していた。

【ポーカーフェイス】のおかげか、城所先輩は俺の顔をちらちらと見ているけど眉間に皺を作るだけだった。

手が入ったなら小さくても勝負しろ。

芙海さんが教えてくれた鉄則のひとつだった。ただここで大量のチップを賭けて強気に出ると、相手が逃げる可能性があるので、逃げない程度にラウンドを引っ張りながらチップを調整していく必要がある。

チップを賭けて次のフェーズへ移ると、春が川にさらに一枚のカードを加えて開く。

……俺の手札と川で合わせて三枚同じ数字のカードが揃い、ワンペアがスリーカードに進化した。

初手からいい引きを見せている。

またベットのフェーズに入ったときだった。

「フォールド」

城所先輩がラウンドの敗北を宣言した。俺はきょとんとするしかなかった。よっぽど自分の手がマズかったんだろうか。俺は顔には出てないはず。チップも強気に積んでないし。

「じゃあ、ええっとここまで賭けたチップは灯のもんね」

これでこのラウンドは俺の勝ちということでポットに溜まったチップが支払われる。

「降り、ですか」

お互いカードを開けてみると、城所先輩はキングのワンペア。最後までいって勝負していれば、役の強さで俺が上となり、今もらったものよりも多いチップが回収できるはずだった。

「スリーカード強いね。降りて正解だったよ」

「いいところを引いたみたいです」

もし俺が7のワンペアのままで勝負にいっていたら数字の小さい俺が負けていた。

手が入ったかどうかだったり、強気に出るかどうかだったり、弱気を悟られないようにしたり、このゲームの「読み」はそのレベルのはず。

あそこでフォールドするってことは、俺の役どころか数字まで見切った可能性がある。

……プロ並みに強いのか、この人？

第二ラウンド。

打って変わり、俺の手は全然ダメ。川の三枚を合わせても伸びそうな気配がない。

こうなればブラフで相手を撤退させるしかない。

俺はさっき勝った数枚を含めた一〇枚をベットした。

「一〇枚？　勝負師だね、君島くん」

「行くときは行けって、師匠の芙海さんに教わったので」

「西方さんに教われば、そりゃ上手くもなるよ」

芙海さん何者なんだよ。一目置かれすぎだろ。

「……じゃあこっちは、コールで」

コールを宣言し、俺と同じ枚数のチップを並べた城所先輩。降ろすつもりが、勝負を受ける方向でゲームを進めてきた。

第一ラウンドの負けもあって、城所先輩の手持ちのチップはスタートの半分以下になっている。

フェーズを進めていき、最終的に城所先輩が降りることはなかった。

俺は役無し。

向こうはたぶんあるんだろう。

それにしたって、はじまってから悩む素振りがまるでないんだよな……。

普通ちょっとは考えるだろうところを、全然迷わない。

……やっぱり心配していたことが的中したっぽい。


この人、なんかやってるな？


ポーカーはイカサマをやるイメージしかなかったし、城所先輩の教室であれば何か仕掛けていても不思議じゃない。

フェアにやろうと思ってたのに。そういうつもりかよ。

気を取りなおそうと、俺は伸びをして深呼吸をする。周囲をなんとなく見回して、ふと気づいた。

城所先輩の取り巻きらしき男子四人がバラバラでこっちを見ている。

立っている位置はいずれも俺の背後。時計の文字盤でいうところの、四時から八時の中に四人がバラバラにいる。

友達同士なら固まって見ないか、こういうのって。

「……」

外部に協力者を用意すれば、俺の手札なんて見るのは簡単だろう。

おそらく、俺の手札を見た四人が、城所先輩に何かしらの合図を送っている――。

二枚しかないカードの柄と数字。伝えるのはそれだけでいいんだから、大した情報量でもないだろう。

芙海さんと練習しているときは、読み合う都合でときどき目が合ったのに対して、城所先輩はまったく目が合わない。

見てるのは俺じゃなくて、後ろのお友達だったたってことか。

【策士】のステータスがついていた城所先輩。

それを知らなかったら、俺は疑うこともせず、まともに勝負していただろう。

「灯、センパイがコールしたよ。どうするの？」

「ちょっと待って」

少し考える間をもらう。

悩んでいるフリをして、どうにかならないか考える。

「……城所先輩強いですね、かなり」

「そうかい」

「はい。俺も芙海さんと特訓して強くなったと思ったんですけど、敵いそうにないですよ」

「じゃあ負けを認めたらどうだ」

「そういうわけにもいかないんですよ。イケメンには負けるなっていうのが君島家の家訓でして――」

「変な家訓だね」

「でしょ。俺も先輩みたいなイケメンに生まれたかったですよ」

「今は雑談する時間じゃないと思うけど？」

「しゃべりながらじゃないと、俺考えがまとまらないタイプで、すみません」

ヘコヘコしながら、俺はもう少ししゃべる。

興味のない相手でも、どうでもいい適当な会話がすらすらできるのは【口八丁】のスキルのおかげだろう。

「特訓しはじめて、結構面白いなって思って、このゲーム」

「……」

もう相槌も打たない城所先輩は、うんざりしたような顔で聞いている。

【強心臓】と【褒め上手】と【ポーカーフェイス】がある。大丈夫。できる。震えるなよ、俺の手。

「その指輪カッコいいですよね。どこで買ったんですか？」

「ああ、これ？」

指輪に目をやって確認する城所先輩。

「高いんじゃないですか」

「いや、どうだろう。もらいものだから」

「女の子から？　いーなぁ」

「早くしろよ」

痺(しび)れを切らした城所先輩が苛立(いらだ)ったように言う。

「すみません。ようやく考えがまとまりました。……レイズで」

同額のベットを受けた俺は、それよりさらにチップを上乗せした。

ニヤっと城所先輩が笑った。

「いい手が入ったのかな？　うらやましいよ。コールで」

また城所先輩はついてくる。これで相手のチップはゼロになった。第二ラウンドで手持ちのチップがなくなるとか明らかにおかしい。

ラウンドの勝ちを確信してなきゃできないことだ。

逆にいえば、このラウンドの負けは、勝負の負けを意味する。

春が五枚目を川に表示するけど、俺には関係なさそうだった。最終フェーズが終わり、手札の開示に移る。

「強気に出たのが裏目になったかな。負けてしまうかもしれない」

嘘つきやがって。全部そのニヤけ面に出てるぞ。勝ち確だと思ってるだろ。

「こっちは8のワンペアだ」

城所先輩がカードを開示する。川と手札で一枚ずつ8がある。

俺も続いて手札を表にする。

役無しのブタだと思っているだろ。残念だったな。

「ストレートです」

ワンペアの二つ上の役だった。

「えっ？　は――――!?」

目を剝いた城所先輩が、カードを何度も見比べてフリーズした。

「そっちのチップがもうないので、俺の勝ちですね」

「そんな――!?　嘘だっ！」

「どうしたんですか、そんなに慌てて」

ばっ、と城所先輩が例のお友達に目をやっている。

振り返って見てみると、そのお友達も狼狽えていた。

「この勝負、灯の勝ちー！」

にっと春が笑う。

ふいー、と俺は椅子の背にもたれかかった。

高宇治さんを見ると、泣いてた。

な、泣いて……？　え？

目が合うと、教室から出ていった。

なんで。え？　え？

混乱していると、ガタン、と席を立った城所先輩が両手を机に叩きつけた。

「待て待て待て！　おかしい、おかしいぞ！」

「おかしいって……可能性としては高くないですけどストレートって結構出る役でしょ」

とんとん、と俺はカードをまとめる。

増えた分は当然抜いた。

「その言い草だと、俺の手を知ってたんですか？」

「それは……っ。そんなわけ、ないだろ！」

「じゃあおかしくないですよね。ストレートの役が出来たんだから、強気に出る。当然でしょう」

「っ……」

たぶんこの人、ポーカー強くないだろ。わかりやすい。

イカサマをすると決めた上で持ちかけたポーカー対決だったんだろう。あらかじめイカサマをすると決めてないと、あんな不自然な位置にお友達がいるはずがない。居場所は普通城所先輩側だろう。警戒しておいて正解だった。

「宣言した通り、約束は守ってもらいますよ」

「………ハァ。わかった。約束は守ろう。沙彩ちゃん、そういうことだから、ごめんね」

脱力した城所先輩は、すとん、と椅子に座った。

このとき、俺はこの「ごめんね」がどういう意味なのか、わからなかった。

ただ単純に、高宇治さんが別れたくないと思っているからこその発言なんだろう、と。

「あれ？　いない」

「高宇治さんなら、さっき教室から出ていきましたよ」

「そうか。じゃ、改めてこっちから伝えるとしよう」

「もうひとつ。いいですか？」

本当に忘れていたらしく、肩をすくめて苦笑した。

「ああ、そうだった。……君と沙彩ちゃんの趣味をバカにしたことを謝罪する。申し訳なかった」

折り目正しく、きちんと頭を下げて謝った。

「聴いてみてください。一度。面白いので。見たことも聴いたこともないものをバカにするのは無しです」

せめて、触れた上でバカにするなり貶すなりしてほしい。それでも好きなものをバカにされるのは腹が立つけど。

「肝に銘じておくよ」

こうなったら、傑作選り抜き集を高宇治さんと作って城所先輩に布教するまであるな。

どの回のどのくだりを入れよう……高宇治さんならどこを持ってくるだろう。

あ、そうだ。高宇治さん！　なんか泣いてたな!?

ほ、本当は別れるのは嫌だったとか……？

じゃ、そういうことで、と俺は急いで教室を出ていった。連絡を入れても反応がないので、俺は校舎内を走り回った。

高宇治さんの居場所に、一か所思い当たる場所があった。

息を切らしながら階段を上っていくと、ようやくその姿を見つけた。

「どうしたの？」

高宇治さんは、俺がいつも昼休憩を過ごしている屋上前で、膝を抱えていた。

顔を上げると、濡れていた頰をハンカチでぬぐった。

「安心してしまって。すごく心配だったから」

あー……そういうこと。

別れるのが嫌で泣いていたわけじゃなくてよかった。マジでそうなら、めちゃくちゃ悪いやつになるところだった。

「謝ってもらったから」

「え？」

「俺たちが好きなものをバカにしたこと」

高宇治さんはまだ濡れている睫毛をぱたぱたと瞬かせると、にこりと微笑んだ。

「聴かないほうが損よね」

ヘビーリスナー、考えが偏りがち。でも、同感だった。

「たぶん一回も聴いたことないんでしょ？　俺と高宇治さんで傑作選り抜き集を作って聴かせてあげない？」

「いいわね、それ。私と君島くんなら、すごくいい傑作選ができそう」

「どこ入れよう。最近だと本田の家の給湯器が壊れた話とかかなと思って」

「まあ、一般ウケはしやすそうね。きちんとオチもついているし。それでいうと私は、ミッツンの浪費癖と断捨離癖に対してリスナーからのメールで――」

「ああ。『どうせまた買って捨てるんなら、もう自前のリサイクルショップ開けよ』ってツッコまれたやつでしょ。けどあのくだりは内輪ノリが強いから、初視聴リスナーには微妙じゃない？」

「そんなことないわ」

「いや、高宇治さんはラジオＩＱが高いから普通の人に合わせないとついてこられないから」

「た、高くないわよ……！　いきなり褒めるのやめてちょうだい……」

「めっちゃ嬉しそう」

「そ、そんなことないわ！」

「あと『宇治茶』ネタメール傑作選も作らないと」

「やめて」

「……」

「本当にやめて」

「あ。これマジなやつだ……。すみません」

やっぱり高宇治さんは、打ったら響く鐘で、俺の知識や熱量に対して、同程度のものが返ってくる。

このまま何時間でも話せてしまいそうだ。好きな人と好きな物の話ができるって、こんな幸せなことあるんだろうか。

「あ。城所先輩からメッセージがきたわ。さっきの教室にいるから話がしたいって」

正式に別れを告げるんだろう。

城所先輩にも高宇治さんにも未練があるようには見えない。俺は、高宇治さんのことが好きになった城所先輩が告白したんだと思っていた。

けど、さっきあっさり負けを認めて別れを告げようとした。じゃあ高宇治さんが城所先輩を好きだったのか？　それも首をかしげる。尾行したとき、もっと楽しそうにしてもいいはずだし。

教室に戻る高宇治さんに、俺もついていく。

中には、城所先輩一人だけがいた。

「ごめんね、沙彩ちゃん。君島くんに負けたから、約束を守って別れないと」

「わかりました」

二人とも、やっぱりすごくあっさりしている。ショックを受けるでもなく、嫌だと抵抗するわけでもない。

「大勢の前で宣言した上で負けちゃったし、さすがにあの関係を続けるのは難しいかな」

「いえ。十分です。助かりました」

助かりました？

「そう。ならよかった。沙彩ちゃんにも謝るよ。趣味をバカにして悪かった。ごめん」

「いえ、もういいですから」

爽やかな晴れ晴れとした二人のやりとりに、俺はついていけなかった。

「変ですよ。二人とも」

「何が？」

「俺が言うことじゃないですけど、恋人とこんな形で別れるって、普通もっと、なんかないですか？　あっさりしすぎてませんか」

城所先輩と高宇治さんは一度目を合わせて、何かを確認した様子だった。

「こういうときに『勘の良いガキは嫌いだ』って言うんだろうな」

「はぁ……」

「君島くんにだけは言っておこう。本気で付き合ったわけじゃなかったんだよ」

「え。どういう意味ですか？」

そのあとを高宇治さんが継いだ。

「お互い好きではなかったのよ。たまたま利害が一致したっていうだけで」

「付き合うことで、利害が一致？」

何を言ってるんだ。

「私が告白されているのを先輩がたまたま見てしまって——」

「お互い大変だよねってなったんだ」

モテる人同士、わかる気持ちがあったらしい。

「オレから、偽物の恋人になればこういう煩わしさも減るんじゃないかって提案して、それを沙彩ちゃんが承諾した」

「え？　ってことは」

「先輩と私は、付き合っている体を装うだけの偽装カップルだったの」

色々と納得いくことが多かった。あっさり具合は、そういうことだったらしい。

詳しく聞いていった。

告白する人たちは、遊びでなくみんな真剣で、だから断るのも真剣だし、断る側も多少気に病むし、パワーが必要だったらしい。

告ったこともないし告白されたこともないからその感覚はわからない。けど、二人はその感覚や気持ちを共有していた。

そして、お互い利害が一致したので高宇治さんはその関係を承諾した。

お互い好きではないけど、彼氏と彼女のフリをきちんとして周囲に疑われないようにしていたそうだ。

半端な恋人なら、心変わりさせようとアプローチしてくる人がいたかもしれない。

高宇治ファンが手放しで見守ったように、相手が相手なら、納得して引き下がれる。

そういう男避（よ）け、女避けの効果があったらしい。

「誰にもバレるわけにはいかないから、隠すのも大変だったよ。彼氏らしい行動もしなくちゃいけないし」

ピンときた。

俺にケンカを売ったのも、それが原因じゃないのか。俺を野放しにしていると、それを見た他の男子が高宇治さんに寄ってくる可能性もあった。

「でも、スマホを覗いたのは、やりすぎです」

高宇治さんが苦言を呈すると城所先輩は全面降伏をした。

「ごめん。悪かったよ。沙彩ちゃんが学校の話をするとき、決まって君島くんの名前が出たから、どんな人なんだろうって思って。本気で好きじゃなくても、ちょっとくらい嫉妬するんだよ」

「俺の名前？」

「そう」

「あ、あああ、やぁああ、そういう変な、あれではなく、ときどきよ」

狼狽える高宇治さんが必死に否定をしていた。

俺がいない場所で俺の話を……。

たぶんラジオ絡みの話をしたときかな。

「どうして俺のあんな条件を承諾してくれたんですか？　困るでしょ。偽装ならなおさら」

掲示板で盛り上がろうと、俺が高宇治さんの周囲をウロチョロしようと、全部無視すればいい。偽装カップルだなんて誰も知らないわけだし、関係を続ける上で大きな障害にはならなかっただろう。

「女子にちやほやされるのって、楽しいんだなって思って」

「はぁ？」

「沙彩ちゃんと付き合ってから、告白される煩わしさはなくなったけど寂しくもなってさ」

……シンプルに嫌な男だった。

「そんな半目でこっちを見ないでよ。理由のひとつってだけだよ。一番は、君島くんがどれだけ本気なのかってところかな」

「……」

バレている。俺が、高宇治さんのことを好きだって。

「十分わかったから、もういいかなって思ったんだ」

俺としては、結果的にこうなってくれてとてもよかった。

だって、偽装カップルって、あんた……。

徐々に好きになるやつじゃねえか……！

最初はなんか合わないなー？　って思ってても、お互い良いところを見つけはじめて、気がついたら、あれ？　もしかして私——？　本当に好きに——⁉　みたいな展開待ったなしだったろうな！　マジで危なかったわ！　放っておいたらエライことになってたわ。

よかった、本当に。

話はこれでおしまいのようで、「他校の子からカラオケ誘われているんだ」って、そんなこと言わなくていいのにっていうモテアピールを最後にカマして、城所先輩は教室を出ていこうとする。

「ああ、そうだ」

思い出したように、足を止めた。

「君島くん、アレどうやったの？　カードすり替えたでしょ」

エピローグ

「本当に別れたんだ？」

「約束だからな」

高宇治（たかうじ）さんと別れ、待っていた春（はる）と芙海（ふみ）さんと合流した俺は帰り道を歩く。

「そんな勝負であっさり別れちゃうって、サーヤちゃんが彼女でもそんなに大事にするつもりなかったのかもねー」

城所（きどころ）先輩を思い出したのか、春が険しい表情をしている。

そうだと言われれば腑（ふ）に落ちることも多いけど、偽装カップルだったとは言わないほうがいいだろう。

芙海さんに目をやると、にんまりとした顔で笑った。

「後輩クン、やりましたね？」

ニュアンス的に『よくやった』っていう賞賛ではなく、『やってくれたな？』っていう意味合いが強そうだった。

「向こうがやってるってわかったんで」

「でも、アレはあらかじめ準備が必要でしょう？」

「意外と責めないんですね。正攻法を取らなかったこと」

「ああいうのは、気づいたときに指摘するのがマナーです。気づかないなら、そいつはただのカモだったってことですから」

　戦後を生き抜いた伝説の賭博師みたいなことを言う芙海さんだった。見た目こんななのに。

　そして俺は見られていることをわかった上で、それを利用した。

「芙海さんは城所先輩が仕掛けているってわかりましたか？」

「確証はありませんでした。けど、勝負する人間の顔つきじゃなかったですから。何も賭けず、勝負の外側から勝利を得ようとする、悪い顔です」

【策士】というステータスを、また俺は思い出した。

　だから偽装カップルなんて発想が出てきたんだろうか。

　てか、顔つきでわかる芙海さん何者。

「今回は後輩クンの万が一に備えてやっていた『練習』が功を奏したってところでしょうか。必然の勝利です」

　練習……。

それもきっちりバレてるな。

役は下から順に、ハイカード、ワンペア、ツーペア、ストレート……となる。ストレート以上もいくつかあるけど割愛。

ハイカードは、それ一枚で成立する役だ。

ハイカード最強はＡ。何かあったときのために、俺は袖に一枚忍ばせていた。

向こうのチップも尽きていたし、川に表示されたカードのタイミングもよかったので、

手札の下に滑りこませ、Ａを組み込んだストレートの役を完成させた。

向こうは最初から勝負する気がなかった。イカサマありきの一方的なゲーム展開にするはずで、芙海さんの言葉を借りれば『勝負の外側から勝利を得ようとしていた』状態だった。

そういうつもりなら目には目を、というわけだ。用意はしていたけど、本当は使うつもりはなかった。じゃあ、なんでそんな用意をしていたのかっていうと、俺の中で【策士】というステータスがずっと引っかかっていたからだった。

ディーラーをこっちで用意させてくれたことも違和感だった。

春が俺と組んで有利なカードを配ることもできるからだ。

それを認めたのは、たぶん、俺を信用していたというより、ディーラーの差配なんて関

係なく、俺を圧倒する準備があったからだろう。

俺のやったことをすり替えだと言い切ったあたり、向こうも用意していたのかもしれない。

【強心臓】がなかったら、ビビって用意しても使わなかったと思う。気を逸らすための【口八丁】と【褒め上手】、あとバレ防止の【ポーカーフェイス】。これらが上手く作用した。

「なんの話？」

「後輩クンが頑張ったという話です」

「頑張ったって……あれは灯の引きがよかっただけでしょ？」

「ピュアなんですね、ギャルちゃんは」

「えー。どうゆう意味？」

困り顔の春は、首をかしげて俺と芙海さんに交互に目をやっていた。

岐路に差しかかり、芙海さんと別れる。

「ちっちゃい先輩、可愛い」

一生懸命手を振る姿を見て、春が癒やされていた。

「結構怖いんだけどな……」

「嘘だー」

って思うよな。普通。

見た目小三のJKの中身は、イカつい角刈りのオッサン入ってんのかってくらい、男気があるというかワイルドな性格をなさってらっしゃる。

通学路を辿りながら、徐々に家へと近づいていく。

「ねえ、いつがバイトなの？」

「なんで春が俺のシフト知る必要あるんだよ」

「え……だって……」

子供みたいに春が口ごもる。それから開き直った。

「こ、こっちだって都合ってもんがあんの！　灯に構ってる時間なんてないし」

「どっちだよ。じゃあ放っておいてくれよ」

「はぁー？　ウザ」

「なんでだよ」

拗ねたように春は唇を尖らせる。

友達が多すぎる春は、自分で言ったように俺に構う時間なんて本来ほとんどないだろ。

「サーヤちゃんと先輩、別れてよかったね」

春がしんみりしたような顔で言う。

「こんなに上手くいくとは思わなかったな」

偽装したてっていうのが良かったのかもしれない。放置していたら、本物のカップルになった可能性もある。

「けど、だからって俺のことを好きになってくれるわけでもないからな……」

それが難しいところ。

「早く撃沈してきなよ。骨は拾ってあげるから」

「フられる前提で話すんなよ」

「そのほうがあたしも楽なんだけどね」

「何が？」

「なんでもない。――じゃあ、またね」

そう言って春は自分ちのほうへ歩を進めていった。持ち手に腕を通してリュックみたいにした鞄（かばん）を背負って、死ぬほど短いスカートが、風でめくれないように鞄でガードしている。生活の知恵というか、よく考えてんな、と感心してしまう。

「見てくんなっ！」

視線に気づいたのか、振り返った春が舌をちろっと出した。

俺も「またな」と言って歩きだす。

選(よ)り抜き傑作選の話を高宇治さんとすることになる。

どこがいいだろうな。そんなことを考えながら家へと帰った。

◆高宇治沙彩(さあや)

「どうしよう。傑作選を二人で作るなんて……」

家に帰った沙彩は、灯の提案を思い返してワクワクしていた。

あの回とこの回、あそこのくだりも入れたい。リスナーから突如送られてきたメールの化学反応も入れるべき……？

「傑作選なんて三時間でも足りないわ」

あの日からずっと、心に重しがのしかかっているような気分だった。

偽装カップルというのは、付き合っている体でいるだけではなく、そう見えるように常にアピールしておく必要がある、と城所に言われたせいもあった。

厄介ごとを避(さ)けるためとはいえ、沙彩は何か悪いことをしているような気がしていた。

そして、帰り道の弾まない会話も憂鬱だった。それが明日からはもうない。

ストレス源がないというのは、こんなにも晴れやかな気持ちになるものなのか。

「君島くんなら、どの回のどこらへんを推してくるかしら」

想像するだけでもうワクワクドキドキだった。

「……」

その件で何かメッセージや電話がかかってくるのでは、と一〇秒ごとにスマホを確認してしまう。

「ま、待ってないわ。全然よ。全然っ」

熱を持った頬を冷まそうと、手の甲を押しつける。

灯と話すことが楽しいとわかってから、朝、彼の登校を待っている自分がいる。

あの日の昼休み。味方が誰もいない中、灯は趣味をバカにする城所にその愚かさを雄弁に語った。その背中は今でも目蓋の裏に焼きついている。

そしてあの要求。

「何よ、別れてほしいって。どういうこと……？」

真っ直ぐな灯の眼差しを思い出し、また頬が赤らんだ。

「…………」

『マンダリオンの深夜論』にある相談コーナー。

いつもはネタを送っている沙彩は、スマホをゆっくりと操作する。

文章が一文字ずつ紡がれていった。

【最近仲良くなった友達がいます。その人とは趣味の話が合い、一緒にいるととても楽しいです】

考えては消して、考えては消して。

また次の文章が紙縒(こよ)りのようにまとまっていく。

【人間性も素敵な人だと思います。ですが、その人が他の人と仲良くしているのを見ると寂しかったりちょっとモヤっとした気分になってしまいます――】

そして、最後の一文を入力し、番組のコーナー宛てのメールアドレスへ送信した。

「～～」

ベッドの中に潜り込み、ジタバタする沙彩。

送信ボックスにはすでにさっき送信したメールが入っている。

どうせ採用なんてされない。最後の一文をもう一度確認して、沙彩は一人赤面した。

【それは、私がその人に恋をしているからでしょうか？】

あとがき

こんにちは。ケンノジです。

「幼なじみからの恋愛相談。相手は俺っぽいけど違うらしい」に続いて、スニーカー文庫様では二作目のラブコメとなります。今作もお世話になります。

今年の一月頃に企画を出して、こうして本になるまでの速度はケンノジ至上最速でした。年内に出せたらいいなー、まあ平均的に行けば来年だろうなーと思っていました。尽力してくださった担当編集様には感謝しかありません……！

新作を出すときは毎回毎回そわそわしますし、あれこれ考えて眠れない日があったりなかったりします。まだまだ慣れません。

今回は、前作「幼なじみからの恋愛相談〜」と違い、最初から主人公がヒロインのことを好きだと認識している系統のラブコメです。同じジャンルのラブコメでもまた少し味付けが変わっていると思います。ステータスが見えるというファンタジー要素も入っているので、そういう意味では前作より変化球寄りの作品です。

読み比べしたいなーってもし思われたら、「幼なじみからの恋愛相談〜」を読んでみてください。全三巻なので、シリーズの長さ的にも読みやすくなっています。こちらもよろしくお願いします。

今作も刊行にあたり、様々な方のお世話になりました。

担当編集様はもちろん、成海七海先生には、ヒロインの可愛い（かわい）デザインや悶絶（もんぜつ）イラストが最高で、塗りの色味も完璧で、超ハイクオリティイラストを描いていただきました。本当にありがとうございます！

そういった方々のおかげでこうして著作を世に出せております。

読者様はもちろん、制作関係者様、販売関係者様、本作に携わってくださった色んな人を幸せにできる作品になったらいいなと思います。

次もあれば是非ご期待ください。

ケンノジ

ある日、他人の秘密が見えるようになった俺の学園ラブコメ

EP1：イケメンに奪られた憧れの美少女をオトします

著　ケンノジ

角川スニーカー文庫　23313

2022年9月1日　初版発行

発行者　青柳昌行

発　行　株式会社KADOKAWA
〒102-8177 東京都千代田区富士見2-13-3
電話　0570-002-301（ナビダイヤル）

印刷所　株式会社暁印刷
製本所　本間製本株式会社

◇◇◇

●お問い合わせ
https://www.kadokawa.co.jp/（「お問い合わせ」へお進みください）
※内容によっては、お答えできない場合があります。
※サポートは日本国内のみとさせていただきます。
※Japanese text only

Printed in Japan　ISBN 978-4-04-112897-8　C0193

★ご意見、ご感想をお送りください★
〒102-8177 東京都千代田区富士見 2-13-3
株式会社KADOKAWA　角川スニーカー文庫編集部気付
「ケンノジ」先生「成海七海」先生

角川文庫発刊に際して

角川源義

第二次世界大戦の敗北は、軍事力の敗北であった以上に、私たちの若い文化力の敗退であった。私たちの文化が戦争に対して如何に無力であり、単なるあだ花に過ぎなかったかを、私たちは身を以て体験し痛感した。西洋近代文化の摂取にとって、明治以後八十年の歳月は決して短かすぎたとは言えない。にもかかわらず、近代文化の伝統を確立し、自由な批判と柔軟な良識に富む文化層として自らを形成することに私たちは失敗して来た。そしてこれは、各層への文化の普及滲透を任務とする出版人の責任でもあった。

一九四五年以来、私たちは再び振出しに戻り、第一歩から踏み出すことを余儀なくされた。これは大きな不幸ではあるが、反面、これまでの混沌・未熟・歪曲の中にあった我が国の文化に秩序と確たる基礎を齎らすためには絶好の機会でもある。角川書店は、このような祖国の文化的危機にあたり、微力をも顧みず再建の礎石たるべき抱負と決意とをもって出発したが、ここに創立以来の念願を果すべく角川文庫を発刊する。これまで刊行されたあらゆる全集叢書文庫類の長所と短所とを検討し、古今東西の不朽の典籍を、良心的編集のもとに、廉価に、そして書架にふさわしい美本として、多くのひとびとに提供しようとする。しかし私たちは徒らに百科全書的な知識のジレッタントを作ることを目的とせず、あくまで祖国の文化に秩序と再建への道を示し、この文庫を角川書店の栄ある事業として、今後永久に継続発展せしめ、学芸と教養との殿堂として大成せんことを期したい。多くの読書子の愛情ある忠言と支持とによって、この希望と抱負とを完遂せしめられんことを願う。

一九四九年五月三日

継母の連れ子が元カノだった
まま
はは
Mamahaha
Tsurego
Moto
kano
紙城境介
イラスト／たかやKi
好評発売中!
「昔の恋が終わってくれない」
実はまだ好き同士な
元カップルが親の再婚で
きょうだいに!?
第3回
カクヨム
Web小説コンテスト
《大賞》
ラブコメ部門
「僕が兄に決まってるだろ」「私が姉に決まってるでしょ?」親の再婚相手の連れ子が、別れたばかりの元恋人だった!?　“きょうだい”として暮らす二人の、甘くて焦れったい悶絶ラブコメ――ここにお披露目!
スニーカー文庫